SHERLOCK HOLMES
CONTRE
JACK L'ÉVENTREUR

ELLERY QUEEN | *ŒUVRES*

ELLERY QUEEN

SHERLOCK HOLMES
CONTRE
JACK L'ÉVENTREUR

ÉDITIONS J'AI LU

Ce roman a paru sous le titre original :

A STUDY IN TERROR

Sherlock Holmes contre Jack l'Eventreur *constitue, à sa manière, un événement dans l'histoire même du roman policier. C'est en effet la première fois que deux des plus célèbres héros de la littérature policière apparaissent dans un même roman :* Sherlock Holmes *et* Ellery Queen. *Et ils y figurent, de surcroît, en compagnie d'un troisième personnage qui a, lui aussi, sa célébrité — plus fâcheuse celle-ci — dans les annales du crime :* Jack l'Eventreur. *Voilà trois atouts maîtres pour retenir l'attention et l'intérêt du lecteur !*

Ce roman a été écrit d'après un film réalisé en Angleterre sous le titre original A Study in Terror, *par analogie avec le roman de sir Arthur Conan Doyle* A Study in Scarlet *qui parut à Londres en 1887, dans lequel le père de Sherlock Holmes donnait naissance à son héros. Le film fut également présenté avec succès aux Etats-Unis où il changea de titre et devint :* Fog, *puisque le brouillard londonien y joue aussi son rôle.*

Projeté en France au début de 1967, il reçut un accueil très favorable de la critique et du public.

Les auteurs du scénario, bien qu'imaginant une aventure entièrement nouvelle de Sherlock Holmes, ont su garder à chaque personnage créé par sir Arthur Conan Doyle son caractère propre, ses

manies, ses petites faiblesses, à commencer par
Sherlock Holmes lui-même. Et nous retrouvons
avec plaisir sur l'écran l'inséparable compagnon du
grand détective et son historiographe : le naïf et
dévoué Dr Watson, Mycroft Holmes, le frère de
Sherlock, imbu de son importance de haut fonc-
tionnaire de l'Administration britannique, sans
oublier l'inspecteur Lestrade, de Scotland Yard,
toujours un peu gaffeur et suffisant, mais malgré
cela plein d'une grande admiration pour le maître
qui lui permet bien souvent de prendre à son
compte la solution d'un problème criminel qu'il
n'aurait jamais résolu seul.

L'activité du célèbre Sherlock Holmes s'est exer-
cée principalement entre les années 1875 et 1914 et
surtout sous le règne de la reine Victoria. Or, en
1888, se commettait à Londres une série de crimes
atroces qui mirent toute l'Angleterre en émoi. Ils
étaient accomplis par le même personnage et d'une
façon si horriblement caractéristique qu'on l'avait
surnommé Jack l'Eventreur. Il ne fut jamais identifié, « officiellement » tout au moins, si l'on en croit
une étude de Tom Cullen récemment parue sur la
question.

Puisque c'est précisément à cette même époque
que Sherlock Holmes s'illustrait à Londres par son
habileté à découvrir et à confondre les auteurs de
forfaits de toutes catégories, il était normal que des
scénaristes soient conduits à associer l'éminent
détective à l'enquête sur le tueur tristement célèbre
de Whitechapel.

Tout cela est fort bien et très logique, allez-vous
penser, mais que vient faire dans cette histoire criminelle du XIXe siècle un détective américain
comme Ellery Queen, célèbre lui aussi, mais vivant
et agissant à notre époque ?

Et c'est là où intervient l'habileté d'Ellery Queen
auteur. (Je précise pour les non-initiés que les

romans où paraît le détective amateur Ellery Queen sont signés du même nom. Pour plus de clarté dans ce commentaire, je me permettrai donc d'emprunter à mon ami, l'excellent romancier policier Michel Lebrun, l'astucieuse terminologie qu'il a imaginée en commentant il y a quelque temps un roman d'Ellery Queen, c'est-à-dire en désignant l'auteur sous le nom de Queen et le personnage sous celui d'Ellery.)

Queen, séduit par le film — et avec l'accord des héritiers de sir Arthur Conan Doyle —, voulut en écrire le roman. En le lisant, vous verrez par quel ingénieux artifice Queen fait intervenir Ellery dans une enquête menée quelque quatre-vingts ans plus tôt par son illustre prédécesseur Sherlock Holmes.

Qu'il me soit permis d'ajouter encore un mot pour admirer la façon dont Ellery résout à sa manière le problème auquel Sherlock Holmes avait apporté préalablement sa propre solution... tout au moins à l'écran.

Pour ceux qui ont vu le film, ce ne sera pas un des moindres attraits de ce roman d'y trouver une fin différente mais non dénuée de logique. Et ce serait alors le moment pour Ellery de dire à son tour:

« Elémentaire, mon cher... Holmes ! »

Maurice RENAULT

Ellery commence

Ellery broyait du noir.

Il en broya un bon bout de temps.

Après quoi il se leva de sa table de travail, empoigna un paquet de dix feuilles de copie condamnée et le déchira en quatre morceaux.

Il foudroya du regard sa machine à écrire qui le toisa d'un air narquois.

Quand le téléphone sonna, il se précipita comme s'il en allait de sa vie.

— C'est pas la peine de m'assaillir, fit une voix ulcérée où transparaissaient quelques relents d'angoisse. J'exécute les ordres : je m'amuse.

— Papa ! Je vous ai parlé méchamment ? Je me suis embourbé dans l'intrigue. C'est beau, les Bermudes ?

— Soleil, mer azurée et du sable de quoi faire cuire des œufs pour l'éternité. Je veux rentrer à la maison.

— Non, fit Ellery, péremptoire. Ce voyage m'a coûté un paquet, j'en veux pour mon argent.

— Vous avez toujours été mon tyran. Pour qui me prenez-vous ? Pour un cul-de-jatte ?

— Vous êtes surmené.

— Je pourrais peut-être obtenir une réduction ? glissa l'inspecteur Queen dans l'espoir d'amadouer son fils.

— Vous êtes là pour vous détendre et vous reposer, pour ne plus penser à rien.

— D'accord, d'accord. Il y a une sacrée partie de palets, derrière ma cabine, je vais essayer de m'y glisser en douce.

— C'est ça, papa. Je vous appellerai demain pour savoir qui a gagné.

Ellery raccrocha et assassina la machine du regard. Le problème restait entier. Il fit le tour de la table à pas sournois puis il arpenta résolument la pièce.

Il y eut un coup de sonnette providentiel.

— Laissez-le sur la table, cria Ellery. Prenez l'argent.

Mais le visiteur désobéit. Deux pieds franchirent le seuil et se portèrent sur les lieux où le grand homme était à l'agonie. Ellery ronchonna :

— C'est toi ? Je croyais que c'était le garçon qui apportait mon en-cas.

Grant Ames III, avec le bel aplomb des raseurs de la haute — un raseur milliardaire —, transporta son costume grand faiseur en direction du bar où il échangea la grande enveloppe qu'il portait à la main contre une bouteille de scotch et un verre.

— Moi aussi, je suis venu livrer, déclara-t-il. Quelque chose de bigrement plus important que tes cochonnailles. (Il se posa sur le canapé.) Très correct ton scotch, Ellery.

— Ravi qu'il soit à ton goût. Emporte donc la bouteille. Moi, je travaille.

— En tant qu'admirateur, j'ai droit à des égards. Je dévore chacun de tes romans.

— Que tu empruntes à des amis sans scrupules, grogna Ellery.

— Ça, dit Grant en se versant un verre, ce n'est pas gentil. Dès que tu connaîtras le but de ma mission, tu me présenteras des excuses.

— Quelle mission ?

— Une livraison. Tu ne m'écoutais pas ?

— De quoi ?

— Cette enveloppe. A côté du gin.

Ellery allait se tourner vers le gin mais Grant lui fit signe de ne pas bouger.

— Je tiens d'abord à te donner le topo, maestro.

La sonnette retentit. Cette fois c'étaient les sandwiches. Ellery bondit dans l'entrée et revint la bouche pleine.

— Pourquoi tu ne travailles pas, Grant ? Trouve-toi donc un job dans une des usines d'aliments surgelés de ton père. Ou bien fais-toi cueilleur de petits pois. Tout ce que tu voudras, mais ne me casse pas les pieds. Je te dis que j'ai du travail.

— Ne change pas de sujet, protesta Grant III. Tu n'aurais pas un cornichon russe ? J'ai une passion pour les cornichons russes.

Ellery lui offrit une tranche de cornichon avant de s'écrouler sur sa chaise.

— Bon, d'accord, merde. Finissons-en. Le topo sur quoi ?

— Les circonstances. Hier après-midi, il y avait une petite réception à Westchester. J'y étais.

— Une réception... fit Ellery d'un air d'envie.

— Piscine, quelques balles de tennis, des trucs comme ça. Pas trop de monde.

— La plupart des gens ont pris la mauvaise habitude de travailler en semaine, même l'après-midi.

— C'est pas tes radotages qui vont me donner des complexes, déclara le play-boy. Je te rends un service. J'ai acquis cette enveloppe de façon mystérieuse et je la dépose à ta porte selon les instructions.

— Les instructions de qui ? demanda Ellery qui n'avait pas encore regardé l'enveloppe.

— Aucune idée. Quand je me suis sauvé, je l'ai trouvée sur le siège de ma Jag. Quelqu'un avait écrit sur l'enveloppe : « A remettre à Ellery Queen, S.V.P. » A mon avis, c'est quelqu'un que tu impressionnes trop pour qu'il ose t'aborder lui-même. Quelqu'un qui est au courant de notre amitié immortelle.

— C'est pas folichon, ton histoire. Dis-moi, Grant, c'est une de tes inventions ? Parce que j'ai pas le temps de jouer à tes petits jeux. Le démon du bouclage me talonne les flancs. Va faire joujou avec une de tes innombrables play-girls.

— L'enveloppe. (Grant détendit ses muscles d'athlète pour saisir l'enveloppe et la donner à Ellery.) Tiens, mission accomplie. Remise en main propre. Fais-en ce que tu voudras.

— Qu'est-ce qu'il faut que j'en fasse ? grinça Ellery.

— Aucune idée. C'est un original. Ecrit à la main. Il a l'air assez vieux. Le lire, sans doute.

— Alors, tu l'as déjà regardé ?

— J'ai pensé que c'était mon devoir. Ç'aurait pu être l'œuvre d'un corbeau. Ou même un truc porno. Ta sensibilité, mon vieux. Il fallait que j'y pense.

La curiosité l'ayant emporté, Ellery étudiait la suscription.

— Une écriture de femme, dit-il.

— Toutefois, le contenu est très innocent, poursuivit Grant en lapant son scotch. Innocent, mais remarquable.

— Une enveloppe standard, marmonna Ellery. Destinée à recevoir des feuilles de format 21x27.

— Ellery, c'est répugnant. Tu as une âme de comptable. Tu ne l'ouvres pas ?

Ellery défit l'agrafe de l'enveloppe et en sortit un carnet cartonné où le mot JOURNAL était imprimé en gros caractères vieillots.

— Le fait est, dit-il, que ça a vraiment l'air vieux.

Avec un sourire fourbe, Grant regarda Ellery ouvrir le registre, ou le carnet, examiner la première page en faisant des yeux ronds, retourner le carnet puis se remettre à lire, le retourner encore et lire une fois de plus.

— Mon Dieu ! s'écria Queen. Si j'en crois ce que je lis, il s'agirait d'un manuscrit original, écrit de la main du Dr Watson et relatant une aventure de Sherlock Holmes !

— Tu le crois authentique ?

Le regard gris argenté de Queen étincela.

— Tu dis que tu l'as lu ?

— Je n'ai pas pu résister.

— Tu connais bien le style de Watson ?

— Je suis, déclara Grant en savourant des yeux la couleur de son scotch, un *aficionado*. Sherlock Holmes, Ellery Queen, Eddie Poe... Oui, à mon avis, c'est un manuscrit authentique.

— Tu authentifies un peu vite, mon ami.

Ellery regarda sa machine à écrire en fronçant les sourcils : elle avait l'air d'une étrangère.

— Moi qui croyais que tu serais follement intéressé...

— Si ce n'était pas un pastiche je le serais sans doute. Mais un Holmes inconnu ! (Ellery feuilleta rapidement le carnet.) Qui plus est, un roman. Un roman retrouvé !

Il secoua la tête.

— Tu n'y crois pas.

— Je ne crois plus au Père Noël depuis l'âge de trois ans, mon cher Grant. Toi, tu es né avec un Père Noël dans la main.

— Tu crois que c'est un faux ?

— Pour le moment, je ne crois rien. Mais il y a cent chances contre une pour que ce soit un faux.

— Pourquoi irait-on se donner tant de peine ?

— Pour la raison qui fait qu'on escalade des montagnes. Pour le plaisir.

— Tu pourrais au moins lire le premier chapitre.

— Grant, je n'ai pas le temps !

— Pas de temps pour un nouveau Sherlock Holmes ? (Ames retourna au bar pour se servir un autre verre.) Je vais rester là, bien tranquillement, en sifflant tout ton scotch.

Il revint s'asseoir sur le canapé et se croisa les jambes pour être plus à l'aise.

— Tu m'énerves.

Ellery contempla longuement le carnet d'un air hargneux. Puis, avec un soupir qui ressemblait fort à celui de son père, il s'installa et se plongea dans la lecture.

1

La trousse du chirurgien

— Vous avez parfaitement raison, Watson.
L'Eventreur pourrait fort bien être une femme.

L'air était vif en cette matinée d'automne de l'an
1888. Je ne résidais plus de façon permanente au
numéro 221 b de Baker Street. Depuis que j'étais
marié et que je devais assumer la responsabilité
d'entretenir une épouse — exquise responsabilité —, je m'étais remis à l'exercice de la médecine.
C'est ainsi que les rapports très étroits que j'avais
entretenus avec mon ami Sherlock Holmes
s'étaient réduits à quelques rencontres intermit-
tentes.

Du point de vue de Holmes, ces rencontres repré-
sentaient ce qu'il appelait à tort « un abus répété
de votre hospitalité » lorsqu'il avait recours à mes
services en tant qu'assistant ou de confident.
« Vous avez l'oreille si patiente, cher ami », me
disait-il, et ce préambule me comblait d'aise, car
il signifiait que j'allais peut-être avoir le privilège
de partager les dangers et l'animation d'une nouvelle poursuite. Le fil de l'amitié qui me liait au
célèbre détective était donc resté intact.

Telle Grisélidis, mon épouse — la plus compré-
hensive des femmes — acceptait cette situation.
Tous ceux qui ont eu la constance de lire mes

pauvres comptes rendus des énigmes que M. Sherlock Holmes est parvenu à débrouiller la connaissent sous le nom de Mary Morstan que j'eus la chance de rencontrer lorsque je m'occupais avec Holmes de l'affaire que j'ai intitulée *Le Signe des Quatre*. Ce modèle de vertu conjugale s'est patiemment laissé négliger tant de longues soirées afin que je puisse compulser mes notes sur les anciennes affaires de Holmes.

Un matin, au petit déjeuner, Mary me dit:

— Voici une lettre de tante Agatha.

Je posai mon journal.

— De Cornouailles?

— Oui, la pauvre chérie. La vie de vieille fille a dû lui paraître bien solitaire. Et maintenant son médecin lui ordonne de garder le lit.

— Rien de grave, j'espère?

— Sa lettre ne le laisse pas supposer. Mais elle a près de quatre-vingts ans et on ne sait jamais.

— Est-elle tout à fait seule?

— Non, Beth, ma vieille nounou, est auprès d'elle, et puis il y a un homme qui s'occupe de la maison.

— Une visite de sa nièce préférée lui ferait sans doute plus de bien que tous les remèdes du monde.

— Sa lettre contient en effet une invitation... c'est plutôt une prière, mais j'hésitais...

— Vous devriez y aller, Mary. Quinze jours en Cornouailles vous feraient du bien, à vous aussi. Je vous trouve pâlotte, ces temps-ci.

En disant cela, j'étais absolument sincère, mais une autre pensée, infiniment plus sombre, avait influencé cette déclaration. Je crois pouvoir dire qu'en cette matinée de 1888 tout Londonien responsable eût envoyé sa femme, sa sœur, sa dulcinée en voyage si l'occasion s'en était présentée. Et ceci pour la seule et bonne raison que Jack l'Eventreur rôdait dans les rues et les ruelles de la ville.

Bien que notre paisible demeure de Paddington fût, à bien des égards, éloignée de Whitechapel et des mauvais lieux fréquentés par le fou furieux, ce n'était pas une garantie. La logique tombait à l'eau en ce qui concernait ce monstre.

Mary, l'air pensif, remettait la lettre dans l'enveloppe.

— Je n'aime pas vous laisser seul ici, John.

— Je vous assure que ça ira très bien.

— Mais un changement vous ferait du bien, à vous aussi, et vos patients semblent vous laisser quelque répit en ce moment.

— Est-ce à dire que vous souhaitez que je vous accompagne ?

Mary éclata de rire.

— O mon Dieu, non ! Vous pleureriez d'ennui en Cornouailles. Je pensais que vous pourriez ranger quelques effets dans une valise et rendre visite à votre ami Sherlock Holmes. Je n'oublie pas que vous avez une invitation permanente à Baker Street.

Mes protestations manquèrent de conviction, je le crains. La suggestion de mon épouse était infiniment tentante. Mary partit donc pour la Cornouailles, je réglai rapidement les détails relatifs à mon cabinet et le transfert fut effectué — à la satisfaction de Holmes, je suis heureux de le dire, tout autant qu'à la mienne.

Je fus surpris de constater combien il nous fut facile de reprendre une routine qui nous était demeurée familière. Tout en sachant que ma vie d'autrefois ne pourrait plus jamais me satisfaire, je me délectais de la proximité retrouvée de Holmes. Ce qui me ramène, de façon un peu détournée, à la réflexion que Holmes me fit à brûle-pourpoint. Et il enchaîna :

— La possibilité que le monstre soit une femme ne peut, en aucun cas, être écartée.

Je retrouvais bien là les façons sibyllines de mon ami et j'avoue que j'en fus légèrement irrité.

— Holmes ! Au nom du ciel, ai-je dit quoi que ce soit qui vous autorise à...

Holmes sourit, car ce jeu lui plaisait.

— Non, sans doute, Watson. Mais convenez que vous y avez pensé.

— J'en conviens, mais...

— Et vous avez tort de prétendre que vous n'avez rien dit.

— Mais j'étais assis là, silencieux — immobile même ! — en train de lire le *Times*.

— Vos yeux et votre tête n'étaient certes pas immobiles, Watson. Tandis que vous lisiez, vous aviez le regard orienté vers la colonne la plus à gauche du journal, celle qui contient le récit de la dernière atrocité de Jack l'Eventreur. Au bout d'un instant, vous avez détourné le regard et froncé les sourcils d'un air courroucé. Il était manifeste que vous pensiez au fait qu'un tel monstre pouvait encore impunément courir les rues de Londres.

— C'est tout à fait exact.

— Ensuite, mon cher Watson, vos yeux, cherchant à se poser, sont tombés sur l'exemplaire du *Strand Magazine* qui est à côté de votre fauteuil. Il se trouve que le magazine est ouvert à la page d'une publicité où la maison Bedell offre des robes du soir à des prix dont on dit qu'ils défient toute concurrence. Une des robes qui figurent dans cette publicité nous est montrée sur un mannequin. Aussitôt votre expression s'est modifiée ; elle est devenue songeuse. Une idée venait de germer dans votre cerveau. Cette expression a persisté quand vous avez levé la tête et reporté vos yeux sur le portrait de Sa Majesté qui est accroché au mur, près de la cheminée. Au bout d'un moment, votre expression s'est rassérénée et vous avez hoché la tête. Vous aviez enfin accepté l'idée qui vous était venue. Et là, j'étais d'accord avec vous. L'Eventreur pourrait être une femme.

— Mais, Holmes...

— Voyons, Watson. La retraite semble avoir émoussé vos facultés perceptives.

— Mais quand j'ai regardé l'annonce dans le *Strand* j'aurais pu avoir de tout autres pensées !

— Je ne suis pas d'accord. Vous aviez l'esprit totalement accaparé par l'histoire de l'Eventreur et une publicité pour des toilettes féminines était bien trop éloignée de vos intérêts habituels pour détourner le cours de vos pensées. C'est pourquoi l'idée qui vous est venue devait procéder de vos réflexions sur le monstre ; ce que vous avez confirmé en levant les yeux sur le portrait de la reine qui orne le mur.

— Puis-je vous demander en quoi cela trahissait ma pensée ? demandai-je avec aigreur.

— Watson ! Vous ne pouviez voir un suspect dans la personne du mannequin ou de Notre Gracieuse Majesté ! C'est donc en tant que femmes que vous les regardiez.

— D'accord, répliquai-je, mais n'était-il pas plus plausible que je voie en elles des victimes ?

— Dans ce cas, votre expression se serait teintée de compassion au lieu d'évoquer le limier qui flaire soudain la piste.

Je dus m'avouer vaincu.

— Holmes, une fois de plus, votre volubilité vous dessert.

Les sourcils touffus de Holmes se froncèrent.

— Je ne vous suis pas.

— Rendez-vous compte de l'image que les gens auraient de vous si vous vous refusiez à donner aucune explication sur vos stupéfiantes déductions !

— Au grand dam des comptes rendus mélodramatiques que vous faites de mes menues aventures, rétorqua-t-il avec une pointe d'ironie.

Je levai les bras en signe de capitulation et Holmes qui, d'habitude, s'autorisait tout juste un sourire, me fit écho, à cette occasion, quand je ris de bon cœur.

— Pendant que nous en sommes à parler de Jack l'Eventreur, lui dis-je, permettez-moi de vous poser encore une question. Pourquoi ne vous êtes-vous pas intéressé à cette sombre affaire, Holmes ? Ne serait-ce que pour la raison que vous rendriez un service insigne aux habitants de Londres ?

Les longs doigts décharnés de Holmes ébauchèrent un geste impatient.

— J'étais occupé ailleurs. Il n'y a pas longtemps, vous le savez, que je suis revenu du Continent où le maire d'une certaine ville m'avait appelé pour résoudre une énigme extrêmement curieuse. Connaissant votre tournure d'esprit, je suppose que vous la baptiseriez *L'Affaire du cycliste cul-de-jatte*. Je vous en conterai, un jour ou l'autre, les détails qui iront grossir vos dossiers.

— Je serai ravi d'en avoir connaissance ! Mais maintenant, Holmes, vous êtes de retour et ce monstre répand la terreur dans la ville. Il me semble que vous devriez vous sentir dans l'obligation...

Holmes se renfrogna.

— Je n'ai d'obligation envers personne.

— Ne vous méprenez pas...

— Je m'excuse, mon cher Watson, mais vous qui me connaissez devriez comprendre que cette affaire me laisse parfaitement indifférent.

— Au risque de me montrer plus bête que la plupart de mes contemporains...

— Réfléchissez ! Chaque fois que j'en ai eu le choix, n'ai-je pas toujours recherché des problèmes de nature intellectuelle ? N'ai-je pas toujours été attiré par des adversaires de taille ? Jack l'Eventreur... voyons ! Comment pourrais-je envisager de me mesurer à ce rustre dément ? Ce crétin qui, à la nuit tombée, arpente, l'écume aux lèvres, les rues de Londres en frappant au hasard !

— Il a su mystifier la police londonienne.

— Je me permettrai d'avancer que cela dénoterait plutôt des insuffisances à Scotland Yard que des facultés exceptionnelles chez l'Eventreur.

— Mais pourtant...

— Cette affaire prendra fin tôt ou tard. Je gagerais qu'un de ces soirs Lestrade tombera fortuitement sur l'Eventreur à l'instant où le possédé est occupé à commettre un meurtre, et Lestrade, triomphant, lui demandera de rendre compte de ses actes.

Holmes ressentait une irritation chronique devant l'incapacité de Scotland Yard d'égaler sa rigueur et sa compétence. Malgré tout son génie, il pouvait faire preuve d'un entêtement puéril en pareilles occasions. J'allais répliquer lorsque la sonnette de la porte d'en bas retentit. Quelques minutes s'écoulèrent avant que nous n'entendions Mme Hudson monter l'escalier et c'est avec stupeur que je la vis faire son entrée. Elle portait un paquet brun dans une main, un seau d'eau dans l'autre ; une expression de pure terreur se lisait sur ses traits.

Holmes éclata de rire pour la deuxième fois de la matinée.

— Ne vous inquiétez pas, madame Hudson. Ce paquet me paraît tout à fait innocent. Je suis persuadé que le seau d'eau n'est pas indispensable.

Mme Hudson poussa un long soupir de soulagement.

— Si vous le dites, monsieur Holmes... Mais j'ai pensé qu'après ce qui s'est passé la dernière fois il valait mieux s'attendre à tout.

— Votre vigilance est on ne peut plus louable, dit Holmes en prenant le paquet. (Dès que la porte se fut refermée sur sa longanime logeuse, il ajouta :) Il y a quelques jours, Mme Hudson m'a apporté un paquet. Cela avait trait à une petite affaire déplaisante que j'avais menée à bon terme et le paquet m'était envoyé par un monsieur rancunier qui avait sous-estimé l'acuité de mon ouïe. Le tic-tac du mécanisme me fut parfaitement perceptible et je demandai à Mme Hudson de bien vouloir apporter un seau d'eau. L'incident a donné à la pauvre femme une vive émotion dont elle ne s'est pas encore remise.

— Cela ne m'étonne pas !

— Qu'avons-nous donc ici ? Hum... Je dirais environ quarante centimètres de long sur quinze de large et dix d'épaisseur. Soigneusement enveloppé dans du papier brun ordinaire. Le cachet de la poste : Whitechapel. Le nom et l'adresse écrits par une main de femme qui, selon moi, ne prend pas souvent la plume.

— A en croire ce gribouillage maladroit, l'hypothèse est tout à fait plausible. Il s'agit très certainement de la main d'une femme.

— Alors nous sommes d'accord sur ces deux points, Watson. Parfait ! Nous poursuivons nos recherches ?

— Certes !

L'arrivée du paquet avait éveillé son intérêt — sans parler du mien. Ses yeux gris, très enfoncés, s'illuminèrent lorsqu'il défit l'emballage et en sortit un écrin en cuir. Il me le tendit pour que je l'examine.

— Dites-moi, Watson, qu'en pensez-vous ?

— C'est une trousse d'instruments de chirurgie.

— Nul n'est mieux placé que vous pour le savoir. Ne diriez-vous pas également que cette trousse est de grand prix ?

— Oui. Le cuir est de toute première qualité, la façon remarquable.

22

Holmes posa la trousse sur la table et l'ouvrit. Nous regardâmes en silence. Capitonnée de velours cramoisi, elle contenait les instruments habituels qui reposaient chacun dans son compartiment spécial. Un des compartiments était vide.

— Quel est l'instrument qui manque, Watson ?

— Le grand scalpel.

— Le couteau à nécropsie, dit Holmes en hochant la tête. (Il sortit sa loupe d'un geste vif.) Et maintenant, que nous apprend cette trousse ? (Tout en examinant soigneusement la trousse et son contenu, il poursuivit :) Commençons par le plus évident ; ces instruments ont appartenu à un praticien qui est tombé dans l'embarras.

Contraint, comme à l'accoutumée, de reconnaître ma cécité, je déclarai :

— Je crains que cela ne soit plus évident pour vous que pour moi.

Absorbé par son inspection, Holmes répondit d'un air absent :

— S'il vous arrivait d'être victime d'un malheur, Watson, quelle serait la dernière de vos possessions à atteindre la boutique d'un prêteur sur gages ?

— Mes instruments de chirurgie, bien sûr, mais...

— Exactement.

— A quoi voyez-vous que cette trousse a été engagée ?

— J'en ai une double preuve. Prenez ma loupe et regardez à cet endroit précis.

J'observai avec attention.

— Une tache blanche.

— De la pâte pour l'argenterie. Jamais un chirurgien ne nettoierait ses instruments avec une telle substance. Ces instruments ont été traités comme de vulgaires couteaux par quelqu'un qui ne se souciait que de leur apparence.

— Maintenant que vous me le faites remarquer, Holmes, je dois avouer que je suis d'accord. Et la seconde preuve ?

— Ces traces de craie sur le dos de la trousse. Elles sont presque effacées, mais si vous les regardez de près vous verrez qu'elles forment un numéro. Le genre de numéro qu'un prêteur inscrirait à la craie sur un article engagé. Evidemment, c'est la contrepartie du numéro qui figure sur la reconnaissance de dépôt.

Je sentis la colère m'envahir. Tout était soudain trop évident.

— Cette trousse a été volée ! m'écriai-je. On l'a volée à un chirurgien et on s'en est débarrassé pour quelques sous chez un prêteur sur gages !

Mes lecteurs voudront bien, j'en suis sûr, pardonner mon indignation. Il m'était difficile d'accepter une autre possibilité — celle que le chirurgien ait pu se départir des instruments d'une noble vocation, même en des circonstances douloureuses.

Pourtant, Holmes eut tôt fait de dissiper mes illusions.

— Je crains, mon cher Watson, que vous n'ayez pas perçu les aspects plus subtils de ces preuves. Les prêteurs sur gages sont une race circonspecte. Ils savent évaluer non seulement les articles, mais aussi les gens qui les leur apportent. Cela fait partie de leur métier. Si le prêteur qui a déployé ses largesses pour cette trousse chirurgicale s'était un tant soit peu douté qu'elle avait été volée, il ne l'aurait pas exposée dans sa vitrine comme vous constatez qu'il l'a fait.

— Je ne constate rien du tout ! fis-je avec humeur. Comment pouvez-vous savoir que la trousse a été exposée dans une vitrine ?

— Regardez bien, dit Holmes. La trousse était ouverte et exposée en plein soleil. Vous voyez que

le velours est fané sur la partie interne du couvercle ? Et, de plus, la couleur est tellement passée
qu'il est évident que l'exposition au soleil a duré
un temps appréciable. Que peut indiquer tout cela
si ce n'est une vitrine ?

Je ne pus qu'acquiescer. Comme toujours, lorsque Holmes me livrait ses observations étonnan-
tes, cela semblait un jeu d'enfant.

— Il est regrettable que nous ne sachions pas où
se trouve la boutique du prêteur. Ce curieux
cadeau mériterait sans doute que nous lui ren-
dions visite.

— Nous le ferons peut-être, Watson, dit Holmes
avec un petit rire ironique. La boutique en question est située très en dehors des sentiers battus.
Elle est orientée au sud dans une rue étroite. Les
affaires du prêteur ne sont pas florissantes et nous
savons aussi qu'il est d'origine étrangère. Vous le
voyez, n'est-ce pas ?

— Pas le moins du monde ! m'écriai-je, une fois
de plus piqué au vif.

— Mais si, dit-il en joignant la pointe de ses
doigts et en me regardant avec indulgence. Vous
voyez tout, mon cher Watson, mais vous n'observez pas. Reprenons mes conclusions dans l'ordre.
Si la boutique avait été située dans une rue animée,
un des nombreux étudiants en médecine de la Cité
aurait sauté sur l'occasion que représentait cette
trousse. C'est pourquoi j'en déduis qu'elle est
située en dehors des sentiers battus.

— Mais pourquoi serait-elle orientée vers le sud
dans une rue étroite ?

— Remarquez l'emplacement de la surface
décolorée. Elle est nettement délimitée à la bor-
dure supérieure de la doublure de velours. Ce n'est
donc qu'à son zénith que le soleil a pu atteindre
la trousse ouverte, quand ses rayons n'étaient pas
arrêtés par les bâtiments qui s'élèvent de l'autre

côté de la rue. C'est ainsi que la boutique est orientée au sud dans une rue étroite.

— Et comment savez-vous que le prêteur est d'origine étrangère ?

— Observez le chiffre sept qui figure dans le numéro tracé à la craie sur le dos de la trousse. Une courte barre transversale coupe le jambage. Il n'y a que les étrangers qui barrent ainsi le sept.

Je me sentais une fois de plus dans la peau d'un écolier qui aurait oublié les paroles de l'hymne national.

— Holmes, Holmes, dis-je en secouant la tête. Je ne cesserai jamais de m'émerveiller...

Mais il ne m'écoutait pas. Il s'était de nouveau penché sur la trousse et glissait ses brucelles sous la doublure de velours. La doublure céda et il l'écarta.

— Ah ! Qu'avons-nous là ? Une tentative de dissimulation ?

— Dissimulation ? De quoi ? De taches ? D'égratignures ?

Il pointa un doigt long et maigre.

— De ceci.

— Ma parole, mais c'est un écusson !

— Un écusson qui, je l'avoue, ne m'est pas familier. Aussi, Watson, vais-je vous prier de m'apporter l'almanach nobiliaire.

Il poursuivit l'examen des armoiries tandis qu'avec obéissance j'allais chercher le livre sur un rayon de la bibliothèque.

— Marqué dans le cuir de la trousse, murmurat-il. La surface est encore en excellent état. (Il se redressa.) Une indication du caractère de l'homme à qui elle a appartenu.

— Sans doute prenait-il soin de ses affaires ?

— C'est possible. Je voulais parler de...

Il s'interrompit. Je lui avais remis le nobiliaire qu'il feuilletait avec dextérité.

— Ah ! nous y voici.

Après un bref examen, Holmes referma le livre, le posa sur la table et se laissa tomber dans un fauteuil. Son regard perçant scrutait le vide.

Incapable de contenir plus longtemps mon impatience, je m'écriai :

— L'écusson, Holmes ! A qui appartient-il ?

— Je vous demande pardon, Watson, dit Holmes en sursautant. Shires. Kenneth Osbourne, duc de Shires.

C'était un nom que je connaissais bien, comme d'ailleurs toute l'Angleterre.

— Une illustre famille.

Hochant la tête d'un air distrait, Holmes déclara :

— Leurs domaines, si je ne m'abuse, sont situés dans le Devonshire, aux confins de la lande, au milieu de terrains de chasse fort appréciés des disciples de saint Hubert. Le manoir — qui a plutôt l'aspect d'un château féodal — est vieux d'environ quatre siècles et constitue un exemple classique de l'architecture gothique. Je ne connais presque rien de l'histoire des Shires, en dehors du fait manifeste que l'on n'a jamais parlé d'eux à propos de crime.

— Ainsi donc, Holmes, nous voilà revenus à la première question.

— Très juste.

— A savoir : pourquoi vous a-t-on envoyé cette trousse de chirurgien ?

— Une interrogation provocatrice.

— Peut-être y a-t-il une lettre d'explication qui a été retardée.

— Il est fort possible que vous ayez découvert la réponse, Watson, dit Holmes. Aussi vais-je vous proposer d'accorder quelque temps à l'envoyeur, disons jusqu'à... (il s'empara de l'indicateur Bradshaw, un ouvrage précieux qui donne tous les

mouvements des chemins de fer britanniques)...
jusqu'à demain matin, 10 h 30; et si alors l'explication ne nous est pas parvenue, nous nous rendrons à la gare de Paddington et prendrons l'express pour le Devonshire.

— Pour quoi faire, Holmes ?

— Pour deux raisons. La première est qu'un petit voyage à travers la campagne anglaise, à cette époque de l'année où la nature change de couleurs, ferait le plus grand bien à deux Londoniens qui n'ont pas quitté leur ville depuis une éternité.

— Et la seconde ?

Un sourire étrange rompit soudain l'austérité du visage de mon ami qui répondit :

— N'est-il pas juste qu'un objet appartenant au duc de Shires lui soit retourné ?

Et, se levant d'un bond, il saisit son violon.

— Non, Holmes, attendez ! Il y a une chose que vous ne m'avez pas dite.

— Non, non, mon cher Watson, dit-il en faisant glisser l'archet sur les cordes. J'ai simplement le sentiment que nous sommes sur le point de nous embarquer sur des eaux troubles.

Ellery continue

Ellery leva les yeux de sur le manuscrit. Grant Ames III remettait ça avec le scotch.

— Ta fin prématurée, tu la devras à un foie en compote, déclara Ellery.

— Rabat-joie, fit Ames. Mais pour le moment, fils, j'ai l'impression de faire partie de l'histoire. L'acteur sur le grand proscenium.

— Qui se noie dans l'alcool ?

— Puritain. Je parle du manuscrit. En l'an 1888, Sherlock Holmes reçut une trousse de chirurgien mystérieuse. Il mit en œuvre ses merveilleux talents et s'embarqua dans une de ses aventures merveilleuses. Trois quarts de siècle plus tard, un autre détective célèbre reçoit un paquet.

— Et alors ? grogna Ellery, manifestement déchiré entre le manuscrit du Dr Watson et la machine à écrire silencieuse.

— Pour compléter cette répétition historique, il ne reste plus qu'à mettre en œuvre des talents modernes sur une aventure moderne. Ellery, mon ami, à toi de jouer. J'incarnerai Watson.

Ellery se crispa.

— Tu peux, bien sûr, mettre en doute ma bonne foi. Pour en témoigner, je te ferai remarquer que j'ai fidèlement suivi la carrière du Maître.

Ellery regarda son hôte sans aménité.

— Vraiment ? On va voir si tu es si fortiche que ça ! Je cite : « Au printemps de 1894, tout Londres s'émut et la haute société s'épouvanta de la mort de... » ?

— « L'honorable Ronald Adair », répondit Ames sur-le-champ. *La Maison vide*, du recueil *La Résurrection de Sherlock Holmes*.

— Je cite : « Elle avait démasqué un petit revolver qu'elle déchargea dans... » ?

— « Le corps de Milverton, à deux mètres du plastron de sa chemise. » Fin de citation. *Les Aventures de Charles Augustus Milverton*.

— Watson, tu fais des étincelles ! Je cite : « Ce sont les opprimés mais non les asservis. Ce sont les humbles, jamais les vils... »

— Fin de citation, brailla le play-boy. Tes efforts pour me coincer sont puérils, mon cher Ellery. Tu t'es cité toi-même : *Le Joueur dans l'autre camp*.

Ellery le regarda de travers. Ce play-boy ne s'intéressait pas qu'aux blondes capiteuses et au scotch hors de prix.

— Touché, dit-il, touché. Attends un peu, je suis sûr que je peux te coller.

— Tu finiras par y arriver si tu continues à perdre ton temps et c'est bien ce que je vais t'empêcher de faire. En scène, monsieur Queen. Tu as lu le premier chapitre du manuscrit. Si tu ne me sors pas quelques déductions queeniennes, je n'emprunterai plus jamais un de tes bouquins.

— Pour le moment, tout ce que je peux te dire c'est que l'écriture qui se prétend celle de Watson est nette, ferme et presque illisible.

— Ça ne fait pas très « Holmes », tout ça, mon vieux. Le problème est de savoir si c'est vraiment celle de Watson. Si le manuscrit est vraiment d'origine. Allons, Queen, un effort ! Fais jouer ton génie.

— La ferme ! dit Ellery en continuant à lire.

2

Le château de la lande

Dans les derniers temps de sa vie — je l'ai relaté par ailleurs —, mon ami Sherlock Holmes se retira du rythme fiévreux de Londres pour élever des abeilles (curieuse idée) dans le Hampshire. C'est ainsi qu'il mit fin à sa carrière, sans le moindre regret, consacrant à l'apiculture cette sagacité qui lui avait permis de dépister tant de criminels parmi les plus ingénieux du monde.

Mais à cette époque où Jack l'Eventreur arpentait les rues et les venelles de Londres, Holmes était un citadin convaincu. Toutes ses facultés étaient en résonance avec les incertitudes de l'aube et du crépuscule londoniens. La puanteur sinistre d'une ruelle de Soho pouvait lui faire palpiter les narines tandis que le parfum du printemps émanant d'un paysage champêtre eût eu comme seul effet de le faire somnoler.

Je fus donc agréablement surpris, ce matin-là, de constater l'intérêt qu'il portait au paysage qui défilait sous nos yeux tandis que l'express nous emportait vers le Devonshire. Il regardait par la fenêtre d'un air absorbé quand, soudain, il redressa ses maigres épaules.

— Ah ! Watson. L'air vif de l'hiver qui approche, quel tonique !

Pour ma part, je n'étais pas de cet avis car l'affreux cigare qu'un vieil Ecossais revêche — il était monté dans le train en même temps que nous — tenait entre ses dents polluait l'air du wagon. Mais Holmes ne semblait pas remarquer l'odeur pestilentielle. Au-dehors, les feuilles jaunissaient et des éclairs de couleurs automnales illuminaient la campagne.

— L'Angleterre, Watson, cet autre Eden, ce presque paradis.

Je reconnus cette quasi-citation et en fus doublement surpris. Je n'étais pas sans connaître cette pointe de sentimentalisme chez mon ami, mais il la laissait rarement affleurer à la surface de son esprit scientifique. Toutefois, l'orgueil du patrimoine est une caractéristique nationale des Anglais et Holmes n'y échappait pas.

Comme notre voyage touchait à sa fin, je vis son air joyeux faire place à une mine songeuse. Le train traversait les landes, ces vastes étendues de fange et de marécages qui s'accrochent comme une grande escarre au visage de l'Angleterre. La nature semblait décidée à parfaire cette mise en scène, car le soleil disparut derrière un amoncellement de nuages, nous plongeant dans un paysage de crépuscule éternel.

Nous nous retrouvâmes bientôt sur le quai d'une petite gare de province. Holmes enfouit ses mains dans ses poches et ses yeux s'allumèrent, comme toujours lorsqu'il était aux prises avec un problème.

— Vous souvenez-vous de l'affaire des Baskerville, Watson, et de la malédiction qui pesait sur leur vie ?

— Si je m'en souviens...!

— Nous ne sommes pas loin de leurs terres. Mais, bien sûr, nous allons dans la direction opposée.

— Dieu merci. Ce chien de l'Enfer me hante encore en rêve.

J'étais perplexe. D'ordinaire, lorsque Holmes était plongé dans une affaire, il concentrait toute son attention sur les environs immédiats, remarquant une ramille brisée mais indifférent au paysage où elle se trouvait. A ces moments-là, il était peu enclin à regarder en arrière. Ce jour-là, il était constamment agité ; on aurait dit qu'il regrettait d'avoir cédé à l'impulsion d'entreprendre ce voyage.

— Watson, dit-il, nous allons louer un dog-cart et en finir avec tout cela.

Nous nous procurâmes un poney qui était sans aucun doute de la famille de ceux qui couraient en liberté sur la lande, mais il était relativement docile et trottinait sans regimber sur la route qui reliait le village au domaine des Shires.

Bientôt, les tourelles du château apparurent, renforçant, par leur aspect, la mélancolie du paysage.

— Les réserves de chasse sont au-delà du château, expliqua Holmes. Le duc a des terrains extrêmement variés. (Il étudia la campagne qui s'étalait devant nous et ajouta :) Je doute, Watson, que nous trouvions un hôte jovial au teint vermeil dans cette sinistre bâtisse.

— Pourquoi dites-vous cela ?

— Les descendants de longues lignées sont souvent le reflet de leur environnement. Souvenez-vous qu'il n'y avait pas un seul visage joyeux à Baskerville Hall.

Je ne répondis rien à cela, car mon attention était fixée sur la grisaille menaçante du château de Shires. Il y avait eu, jadis, des douves et un pont-levis, mais les générations modernes en étaient arrivées à se confier corps et âme à la gendarmerie locale. Les douves avaient été comblées et le pont-levis n'avait pas fonctionné depuis de longues années.

Nous fûmes introduits dans un salon glacial et caverneux par un maître d'hôtel qui s'enquit de nos noms à la manière de Charon au passage du Styx. J'eus tôt fait de m'apercevoir que les prédictions de Holmes étaient exactes. Le duc de Shires était l'homme le plus froid et le plus rébarbatif que j'eusse jamais rencontré.

Sa maigreur lui conférait l'allure d'un phtisique mais ce n'était qu'une illusion. En le regardant de plus près, je vis un visage racé et devinai une constitution de fer sous cette fragilité apparente.

Le duc ne nous invita point à nous asseoir, mais il nous déclara d'emblée :

— Vous avez eu de la chance de me trouver ici. Une heure plus tard et j'étais en route pour Londres. Je ne passe que peu de temps à la campagne. Quelle affaire vous amène ?

Holmes lui répondit sur un ton qui ne reflétait en rien les mauvaises manières de notre hôte.

— Nous n'abuserons point de votre temps, monsieur le duc. Nous sommes seulement venus vous apporter ceci.

Il lui tendit la trousse de chirurgien que nous avions enveloppée dans un vulgaire papier d'emballage, scellé à la cire à cacheter.

— Qu'est-ce que c'est ? demanda le duc sans bouger.

— Votre Grâce devrait ouvrir le paquet et s'en rendre compte par elle-même.

Le duc de Shires défit le paquet en fronçant les sourcils.

— Où avez-vous trouvé ceci ?

— Je me permettrai d'abord de prier Votre Grâce de bien vouloir nous dire si cette trousse est sa propriété.

— C'est la première fois que je vois cet objet. Pourquoi diable me l'avez-vous apporté ?

Le duc avait soulevé le couvercle et contemplait les instruments avec un étonnement qui n'avait pas l'air feint.

— Si vous voulez bien rabattre la doublure, vous découvrirez la raison de notre visite empreinte dans le cuir.

Le duc s'exécuta sans se départir de sa mine renfrognée. Je l'observais attentivement quand il découvrit l'écusson et ce fut à mon tour d'être abasourdi. Il changea soudain d'expression. Un sourire fugitif effleura ses lèvres minces, son regard s'éclaira et il contempla la trousse d'un air que je ne peux qualifier que d'extrêmement satisfait et presque triomphant. Un instant après il retrouva son expression revêche.

Je regardai Holmes dans l'espoir de quelque explication, sachant qu'il n'avait pu manquer de percevoir la réaction du duc de Shires. Mais le regard pénétrant de mon ami était inexpressif, le visage familier un masque.

— Voilà qui répond sans doute à la question de Votre Grâce.

— Bien sûr, répondit le duc d'un ton désinvolte, comme pour écarter un sujet sans intérêt. Cette trousse ne m'appartient pas.

— Votre Grâce pourrait peut-être nous révéler le nom de son propriétaire ?

— Mon fils, sans doute. Elle devait appartenir à Michael.

— Elle se trouvait chez un prêteur sur gages londonien.

Un rictus méprisant et cruel contracta les lèvres du gentilhomme.

— Cela ne m'étonne pas.

— Alors, si vous voulez bien nous donner l'adresse de votre fils...

— Le fils dont je parle, monsieur Holmes, est *mort*. Mon fils cadet, monsieur.

— Je suis bien navré de l'apprendre, Votre Grâce, fit Holmes avec douceur. Aurait-il succombé à une maladie ?

— Une très grave maladie. Cela fait six mois qu'il est *mort*.

L'emphase avec laquelle le gentilhomme prononçait le mot « mort » me parut étrange.

— Votre fils était-il médecin ? demandai-je.

— Il a étudié dans ce but, mais il a échoué, comme d'ailleurs en tout. Puis il est *mort*.

De nouveau cette emphase. Je regardai Holmes mais il semblait plutôt s'intéresser à l'ameublement massif de la grande salle voûtée : ses mains maigres et musclées croisées derrière le dos, il promenait son regard aux quatre coins de la pièce.

Le duc de Shires lui tendit la trousse.

— Cela ne m'appartient point, je vous le rends, monsieur. Et maintenant, si vous voulez bien m'excuser, je dois me préparer pour le voyage.

J'étais déconcerté par le comportement de Holmes. Il avait accepté les façons cavalières du duc sans la moindre rancœur. Ce n'était pas dans ses habitudes de laisser les gens le piétiner avec des chaussures à clous. Il s'inclina avec déférence en disant :

— Nous ne vous retiendrons pas plus longtemps, monsieur le duc.

Le duc n'en abandonna pas pour autant ses façons malséantes. Il ne fit aucun geste pour saisir le cordon de la sonnette qui eût fait venir le maître d'hôtel. C'est ainsi que nous fûmes contraints à trouver, tant bien que mal, la sortie tandis qu'il restait immobile, à nous regarder.

Cela nous fut providentiel. Comme nous traversions la demeure seigneuriale pour atteindre l'avant-portail, deux personnes arrivaient par une entrée latérale : un homme et un enfant.

Contrairement au duc, ils ne semblaient pas hostiles.

L'enfant, une fillette de neuf ou dix ans, souriait de toutes les forces de son petit visage pâlot. L'homme avait la même constitution fragile que le duc. Ses yeux vifs et limpides ne témoignaient qu'une curiosité de bon aloi. Sa grande ressemblance avec le duc ne laissait aucun doute possible : c'était le fils aîné.

Leur arrivée, qui ne me parut en rien saisissante, sembla déconcerter mon ami Holmes. Il s'arrêta en sursautant et la trousse lui échappa des mains. Le choc du métal contre la pierre résonna dans la vaste demeure.

— Que je suis maladroit ! s'écria-t-il, en s'empressant de l'être encore plus en me barrant le chemin quand je voulus tenter de ramasser les instruments éparpillés.

L'homme se précipita, en souriant.

— Permettez-moi de vous aider, monsieur, dit-il en s'agenouillant.

La réaction de la fillette ne fut pas moins prompte.

— Je vais vous aider, père.

Le sourire de l'homme resplendit.

— Certainement, ma chérie. Nous aiderons ensemble ce monsieur. Tu peux me passer les instruments, mais prends garde de ne pas te blesser.

Nous regardâmes en silence la petite fille qui tendait les instruments étincelants, un par un, à son père. Celui-ci témoignait à l'enfant une affection touchante. Ses yeux noirs ne se détachaient d'elle qu'avec peine pour replacer les instruments dans leur compartiment.

La besogne terminée, il se releva. Mais la fillette continuait à fouiller les dalles du regard.

— Père, le dernier, où est-il ?

— Il ne devait pas être là, ma chérie. Je ne pense pas qu'il soit tombé de la trousse.

Il jeta un regard interrogatif à Holmes qui sortit de sa rêverie.

— C'est exact, monsieur, il n'y était pas. Je vous remercie et vous prie d'excuser ma maladresse.

— Ce n'est rien. J'espère que les instruments n'ont pas été endommagés.

Il tendit la trousse à Holmes qui la prit en souriant.

— Peut-être ai-je l'honneur de m'adresser à lord Carfax ?

— Mais oui, dit celui-ci d'un ton aimable. Et voici ma fille, Deborah.

— Permettez-moi de vous présenter mon collègue, le Dr Watson ; je me nomme Sherlock Holmes.

Le nom sembla impressionner lord Carfax dont les yeux trahirent la surprise.

— Docteur Watson, murmura-t-il en me saluant d'un signe de tête, sans quitter Holmes des yeux. Et vous, monsieur, quel honneur... J'ai lu le récit de vos exploits.

— Vous êtes trop aimable, lord Carfax.

Les yeux de Deborah pétillaient. Elle fit la révérence en disant :

— Moi aussi, messieurs, je suis très honorée de faire votre connaissance.

Elle parlait avec une gentillesse touchante. Lord Carfax la regardait avec orgueil. Toutefois, je sentis une certaine tristesse dans son attitude.

— Deborah, dit-il gravement, il faut que tu te rappelles ce jour comme un des grands événements de ta vie, car tu as fait la connaissance de deux messieurs célèbres.

— Je m'en souviendrai, père, répondit la fillette d'un ton docile et solennel.

Il était évident qu'elle n'avait jamais entendu parler de nous.

Holmes mit fin aux échanges de civilités en déclarant :

— Nous sommes venus ici afin de restituer cette trousse au duc de Shires, pensant qu'elle lui appartenait.

— Et vous avez appris que vous faisiez erreur.

— C'est exact. Sa Grâce pense qu'elle a sans doute appartenu à votre frère décédé, Michael Osbourne.

— Décédé.

Ce n'était pas vraiment une question ; plutôt une remarque faite avec lassitude.

— C'est ce qu'on nous a laissé entendre.

La tristesse envahit le visage de lord Carfax.

— Mais ce n'est pas forcément vrai, poursuivit-il. Peut-être avez-vous deviné, monsieur Holmes, que mon père est un homme rigide et implacable. Pour lui, la bonne réputation de la famille Osbourne passe avant tout et la seule chose qui compte c'est que l'écusson des Shires ne soit pas terni. Lorsqu'il a désavoué mon jeune frère, voilà bientôt six mois, il a décrété que Michael était mort. (Lord Carfax soupira.) Je crains qu'en ce qui concerne mon père Michael ne soit définitivement mort, bien qu'il soit peut-être encore en vie.

— Mais vous, personnellement, lord Carfax, savez-vous si votre frère est mort ou vivant ?

Lord Carfax fronça les sourcils, ce qui le fit ressembler étrangement à son père.

— Tout ce que je puis vous dire, monsieur, c'est que je n'ai aucune preuve réelle de sa mort.

— Je comprends, répondit Holmes.

Il baissa les yeux sur Deborah Osbourne et sourit.

La fillette s'avança et mit sa main dans celle de mon ami.

— Je vous aime beaucoup, monsieur, dit-elle avec gravité.

Ce fut un instant plein de charme. Holmes eut l'air embarrassé par cette déclaration à cœur ouvert. Gardant la petite main dans la sienne, il déclara :

— Je conçois, lord Carfax, que votre père soit un être inflexible. Mais de là à désavouer son fils ! On ne prend pas une telle décision à la légère ; votre frère a dû commettre une lourde faute.

— Michael s'est marié contre la volonté de mon père. (Lord Carfax haussa les épaules.) Je n'ai pas coutume, monsieur Holmes, de discuter des affaires de famille avec des étrangers, toutefois... (il effleura la chevelure brillante de sa fille)... Deborah est mon baromètre de moralité.

Je crus qu'il allait demander à Holmes à quel titre il s'intéressait à Michael Osbourne, mais il n'en fit rien.

Holmes avait également dû s'attendre à cette question. Voyant que lord Carfax ne la posait point, il lui tendit la trousse.

— Peut-être vous serait-il agréable d'avoir ceci, lord Carfax ?

Ce dernier prit la trousse et s'inclina sans un mot.

— Et maintenant — je crains que le train ne nous attende pas —, il nous faut prendre congé. (Holmes regarda l'enfant du haut de sa grande carcasse.) Au revoir, Deborah. Il y a bien longtemps que le Dr Watson et moi-même n'avions eu un aussi grand plaisir que celui de faire votre connaissance.

— J'espère que vous reviendrez, monsieur, dit la fillette. Le temps est si long lorsque père est absent.

Holmes ne desserra guère les dents tandis que nous retournions au village. Il répondait à peine à mes remarques et ce n'est que dans le train qui nous ramenait, à vive allure, à Londres, qu'il engagea la conversation. Son visage maigre avait cet air concentré que je lui connaissais si bien.

— Un être intéressant, Watson...

— C'est possible, fis-je d'un ton revêche, mais je ne souhaite pas en rencontrer d'aussi rebutants. Ce sont les hommes de cette espèce — ils sont peu nombreux, Dieu merci — qui entachent la réputation de la noblesse anglaise.

Holmes sourit de mon indignation.

— Je faisais allusion au *filius* et non au *pater*.

— Le fils ? L'amour qu'il manifeste envers sa fille m'a fort touché, bien sûr...

— Mais vous l'avez trouvé trop bavard ?

— C'est exactement mon impression, Holmes, bien que je ne comprenne pas comment vous avez pu vous en rendre compte. Je n'ai aucunement participé à la conversation.

— Votre visage est un miroir, Watson, dit-il.

— Il a lui-même reconnu qu'il parlait trop librement des affaires de sa famille.

— Mais l'a-t-il vraiment fait ? Supposons par exemple que lord Carfax soit bête. Dans ce cas, nous avons en lui un père aimant, doté d'une langue trop agile.

— Et si nous supposions, en faisant un effort, qu'il n'est pas bête du tout ?

— Alors il est parvenu, comme je tends à le croire, à créer l'image exacte qu'il souhaitait que nous ayons de lui. Il connaissait mon nom et ma réputation, ainsi que les vôtres, Watson. Je doute fort qu'il nous ait pris simplement pour de bons Samaritains, venus d'aussi loin dans le seul but de restituer une trousse de chirurgien à son légitime propriétaire.

— Cela suffisait-il à lui délier la langue ?

— Mon cher ami, il ne nous a rien dit que je ne savais déjà ou que je n'aurais pu apprendre en

consultant les archives de n'importe quel quoti-
dien londonien.

— Alors, que nous a-t-il caché ?

— Il ne nous a pas dit si son frère Michael était
mort ou vivant, ou s'il était en rapport avec lui.

— J'ai déduit de ses paroles qu'il n'en savait
rien.

— Et c'est probablement ce qu'il souhaite que
vous en déduisiez. (Avant que je ne puisse répondre, Holmes poursuivit :) Il se trouve que je m'étais
renseigné, avant d'entreprendre le voyage. L'héritier direct du titre, Kenneth Osbourne, a deux fils.
Michael, le cadet, n'a bien sûr hérité d'aucun titre.
En aurait-il conçu de la rancœur ? Toujours est-il
qu'il s'est employé à mériter le sobriquet de « libertin » que lui ont décerné les journalistes de Londres. Vous parliez, Watson, de la sévérité
implacable du père. Les archives, au contraire,
révèlent que le duc s'est montré d'une clémence
surprenante envers son fils cadet. Le jeune homme
est venu à bout de la patience paternelle en épou-
sant une femme qui exerçait la plus vieille profession du monde — en un mot, une prostituée.

— Je commence à comprendre, marmonnai-je, il
a donc cherché, par rancœur ou par haine, à souil-
ler le titre dont il ne pouvait hériter.

— C'est possible, dit Holmes. En tout cas, il eût
été difficile pour le duc d'en tirer une autre conclusion.

— Je ne savais pas, avouai-je humblement.

— Mon cher Watson, il est humain de prendre le
parti des opprimés. Mais il est sage de s'informer,
au préalable, de la personnalité de ces derniers.
Quant au duc, je conviens que c'est un homme
désagréable, mais il porte une bien lourde croix.

Un peu désabusé, je répondis :

— Sans doute me suis-je également mépris sur
la personne de lord Carfax.

— Je ne sais pas, Watson. Nous ne connaissons pas grand-chose de lui. Toutefois, il a commis deux erreurs.

— Je ne m'en suis pas rendu compte.

— Lui non plus.

J'avais l'esprit accaparé par des perspectives plus vastes.

— Holmes, déclarai-je, toute cette affaire n'est guère satisfaisante. Je me refuse à croire que vous ayez entrepris le voyage dans le seul but de restituer un objet perdu.

Il regarda le paysage.

— La trousse de chirurgien a été déposée à notre porte. Je doute qu'on nous ait confondus avec le bureau des objets trouvés.

— Qui donc nous l'a envoyée ?

— Quelqu'un qui souhaitait qu'elle nous parvienne.

— Alors nous n'avons plus qu'à attendre.

— Dire, Watson, que je flaire là une intention tortueuse serait sans doute quelque peu fantaisiste. Pourtant, l'odeur est forte. Peut-être votre désir va-t-il se réaliser ?

— Quel désir ?

— Je crois me souvenir que vous avez récemment exprimé le souhait que je prête mon concours à Scotland Yard dans l'affaire de Jack l'Eventreur.

— Holmes...

— Il n'y a, bien sûr, aucune preuve qui nous permette de relier l'Eventreur à la trousse de chirurgien. Mais le couteau à nécropsie n'y était pas.

— Ce que cela implique ne m'a pas échappé. Peut-être cette nuit même sera-t-il plongé dans le corps de quelque malheureuse !

— Ce n'est pas impossible, Watson. Le fait d'enlever le scalpel pourrait bien être un geste symbolique, une allusion subtile au sinistre meurtrier.

— Pourquoi l'expéditeur ne s'est-il pas fait connaître ?

— Cela peut s'expliquer par une infinité de raisons dont la peur est la plus vraisemblable. Nous finirons, je pense, par connaître la vérité.

Holmes sombra dans une de ses rêveries coutumières. Je savais qu'il était inutile de continuer à le sonder. Je m'adossai à la banquette et regardai le paysage, d'un œil morne, tandis que le train nous rapprochait de la gare de Paddington.

Ellery fait un effort

Ellery leva les yeux.

Grant Ames venait de vider son énième verre et demanda impatiemment :

— Alors ?

Ellery se mit debout et, l'air renfrogné, s'approcha de la bibliothèque. Il s'empara d'un livre qu'il consulta sans se soucier de Grant qui attendait sa réponse. Il remit le livre à sa place et revint s'asseoir.

— Christianson's.

Grant n'y était pas.

— Si j'en crois le bouquin, Christianson's était une papeterie renommée à l'époque. Il y a leur filigrane sur les feuilles du carnet.

— Alors, ça y est !

— Pas forcément. De toute façon, il est inutile de chercher à vérifier l'authenticité du manuscrit. Si on veut me le vendre, je ne suis pas acheteur. S'il est authentique, je ne peux pas me le payer. Si c'est du bidon...

— Je ne crois pas que ce soit le but de l'opération, mon vieux.

— Alors c'est quoi, le but ?

— Comment veux-tu que je le sache ? C'est sans doute qu'on veut que tu le lises.

Ellery se frotta le nez d'un geste nerveux.

— Tu es certain que c'est à cette réception qu'on l'a mis dans ta voiture ?

— Pas possible autrement.

— Et c'est une femme qui a rédigé l'enveloppe. Combien de femmes y avait-il ?

Grant compta sur ses doigts.

— Quatre.

— Passionnées de lecture ? Collectionneuses ? Bibliothécaires ? De petites vieilles qui sentent la lavande et le moisi ?

— Tu rigoles ? Quatre nénettes dans le vent et dans leur numéro de séduction... la pêche au mari. Franchement, Ellery, je suis persuadé que pour elles Sherlock Holmes et Aristophane c'est le même tabac. Mais avec tes talents démentiels, il ne te faudrait pas plus d'un après-midi pour démasquer la coupable.

— Ecoute, Grant, si ce n'était pas en ce moment, je jouerais le jeu. Mais je t'ai déjà dit que je suis en période de crise d'inspiration. J'ai vraiment pas le temps.

— Alors on en reste là, maestro ? Ma parole, tu es payé à la ligne ? Je te balance un délicieux mystère...

— Et moi, dit Ellery en posant le manuscrit sur les genoux de Grant, je te le renvoie aussi sec. Je vais te faire une proposition. Prends ton verre et cours toi-même démasquer celle qui a fait le coup.

— J'en serais capable, gémit le milliardaire.

— Parfait, tu me tiendras au courant.

— Le manuscrit ne t'accroche pas ?

— Mais si, bien sûr.

Ellery reprit à contrecœur le manuscrit et se mit à le feuilleter.

— Tu es un pote ! fit Ames en se levant. Je vais le laisser ici. Après tout, c'est à toi qu'il est adressé. Je pourrai venir, de temps en temps, pour te dire où j'en suis...

— De loin en loin, s'il te plaît.

— A vos ordres. D'accord, je viendrai t'embêter le moins souvent possible.

— Encore moins que ça, si tu peux. Et maintenant, Grant, tu te tailles ? Je ne plaisante pas.

— Mon vieux, t'es pas marrant : je dirais même que tu es sinistre. (Ames alla vers la porte.) Ah ! pendant que j'y pense, n'oublie pas de commander du scotch, tu es complètement à sec.

Lorsqu'il fut enfin seul, Ellery hésita un instant. A la fin, il posa le carnet sur le canapé et s'installa devant sa machine à écrire. Il contempla les touches qui le dévisageaient. Il gigota sur sa chaise tournante ; il avait des fourmis dans les fesses. Il rapprocha la chaise du bureau. Il se frotta encore le nez.

Sur le canapé, le carnet... tranquille.

Ellery introduisit une feuille vierge dans la machine. Il leva les mains, se massa les doigts et se mit à taper.

Il pianota *presto*, s'arrêta et lut ce qu'il avait écrit :

« Le seigneur, dit Nikki, aime qu'on gronne de donne bâce. »

— D'accord ! s'écria Ellery. Un seul petit chapitre.

Il se leva d'un bond, courut au canapé, empoigna le carnet, l'ouvrit et attaqua le troisième chapitre.

3

Whitechapel

— A propos, Holmes, qu'est-il advenu de Wiggins ?

Cette question, je la posai le lendemain, en fin de matinée, dans l'appartement de Baker Street.

La veille, en rentrant du château de Shires, nous avions dîné au buffet de la gare, et Holmes m'avait dit :

— Il y a ce soir à l'Albert Hall un récital du jeune pianiste américain Benton. Je vous le recommande chaudement, Watson.

— Je ne savais pas que les Etats-Unis avaient donné de grands talents pianistiques.

Holmes avait ri.

— Voyons, voyons, cher ami ! Concédez aux Américains le droit de s'émanciper. Cela fait déjà plus d'un siècle qu'ils ont acquis l'indépendance et ils se sont très bien débrouillés.

— Voulez-vous que je vous accompagne ? J'en serais ravi.

— Je pensais au concert pour meubler votre soirée. J'envisage pour moi quelque petite enquête qu'il vaudrait mieux effectuer la nuit.

— Dans ce cas, je préfère le fauteuil au coin du feu et un livre emprunté à votre extraordinaire bibliothèque.

— Je vous recommande un ouvrage que j'ai acquis récemment : *La Case de l'oncle Tom* dont l'auteur, Beecher-Stowe, est une dame américaine. Une œuvre pénible, destinée à émouvoir l'opinion afin de redresser une grave injustice. Je crois qu'elle fut, d'ailleurs, une des causes de la guerre de Sécession. Mais il est temps que je m'en aille. Peut-être serai-je de retour assez tôt pour que nous prenions un dernier verre ensemble.

Mais Holmes rentra fort tard et j'étais déjà couché. Il ne me réveilla point et je ne le revis que le lendemain, au petit déjeuner. J'espérais un compte rendu de ses activités nocturnes, mais il ne me dit rien. Il semblait ne pas être pressé, car il s'attarda longuement à prendre son thé puis paressa encore dans sa robe de chambre gris souris tout en emplissant la pièce des exhalaisons suffocantes de sa pipe en terre favorite.

Soudain, nous entendîmes un grand vacarme dans l'escalier et, presque aussitôt, les galopins les plus sales et les plus loqueteux de Londres firent irruption dans le salon. C'était l'indescriptible bande de gamins des rues de Holmes, celle qu'il baptisait : « la section Baker Street des forces de police », ses « forces officieuses » ou les « Irréguliers de Baker Street » !

— Garde-à-vous ! aboya mon ami.

Les garnements s'efforcèrent de former une file désordonnée et figèrent leur petit visage barbouillé dans une expression qu'ils voulaient martiale.

— Alors, vous avez trouvé ?

— Oui, m'sieur. On l'a, répondit un de la bande.

— C'est moi, m'sieur, intervint un autre avec un large sourire en partie édenté.

— Très bien, dit Holmes d'un ton sévère, mais nous travaillons en équipe. Pas d'exploits personnels, messieurs. Un pour tous et tous pour un.

— Oui, m'sieur, firent-ils en chœur.

— Votre rapport ?

— C'est à Whitechapel.

— Ah !

— Dans Great Heapton Street, près de la passerelle.

— Très bien, fit Holmes. Voici vos honoraires. Vous pouvez disposer.

Il remit à chacun un shilling étincelant. La bande repartit, comme elle était venue, dans un tintamarre joyeux et leurs piaillements retentirent bientôt dans la rue.

Holmes fit tomber le culot de sa pipe.

— Wiggins ? Il a bien réussi. Il s'est engagé dans les troupes de Sa Majesté. Sa dernière lettre venait d'Afrique.

— Si je m'en souviens bien, c'était un gamin astucieux.

— Ils le sont tous. Et Londres ne tarit jamais en petits diables de la sorte. Mais je dois me procurer un renseignement précis. En route.

Il n'était pas besoin de prouesses intellectuelles pour deviner notre destination. Je ne fus donc pas surpris de me retrouver devant la boutique d'un prêteur sur gages dans Great Heapton Street, à Whitechapel. Conformément aux déductions de Holmes — confirmées d'ailleurs par les garnements —, c'était une rue étroite et de hauts bâtiments se dressaient en face de la boutique. Lorsque nous arrivâmes, le soleil dessinait un trait sur la vitrine où l'on pouvait lire « Joseph Beck — Prêts. »

Holmes me montra les objets exposés derrière la vitrine.

— C'est là qu'était la trousse, Watson. Voyez-vous l'endroit où le soleil tape ?

Médusé, je hochai la tête. J'avais beau être habitué à l'infaillibilité des jugements de Holmes, la preuve ne manquait jamais de me stupéfier.

En pénétrant dans la boutique, nous fûmes accueillis par un quadragénaire replet dont les moustaches très pommadées étaient tortillées à la mode militaire. Beck était le type parfait du commerçant allemand, et ses efforts pour ressembler à un officier prussien étaient vraiment risibles.

— Que puis-je faire pour vous, messieurs ? demanda-t-il avec un fort accent germanique.

Sans doute, étant donné le quartier, étions-nous d'un milieu social plus élevé que la clientèle habituelle et peut-être espérait-il obtenir un gage de valeur. Le fait est qu'il claqua des talons et se mit au garde-à-vous.

— Il y a quelques jours, dit Holmes, un ami m'a fait cadeau d'une trousse de chirurgien qui avait été achetée chez vous.

Les petits yeux protubérants de *Herr* Beck exprimèrent la ruse.

— Oui ?

— Mais un des instruments n'était pas dans la trousse. Je voudrais compléter le jeu. Auriez-vous des instruments chirurgicaux parmi lesquels je pourrais choisir pour remplacer celui qui manque ?

— Je suis navré, monsieur, mais je ne peux vous obliger.

Le visage du prêteur reflétait sa profonde déception.

— Vous souvenez-vous du jeu d'instruments dont je parle ? De la transaction ?

— *Ach*, oui, monsieur. Cela s'est passé la semaine dernière et il est rare que j'aie ici de tels objets. Mais le jeu était complet quand la femme est venue le dégager et l'a emporté. Vous a-t-elle dit qu'il manquait un instrument ?

— Je ne m'en souviens plus, fit Holmes sur un ton désinvolte. Ce qui m'importe, c'est que vous ne puissiez rien faire pour moi.

— Je suis désolé, monsieur, mais je n'ai actuellement aucune sorte d'instruments chirurgicaux.

Holmes feignit un mouvement d'humeur.

— Venir jusqu'ici et pour rien ! Vous m'infligez un fâcheux contretemps, monsieur Beck.

Le prêteur eut l'air éberlué.

— Vous n'êtes pas raisonnable, monsieur. Je ne vois pas en quoi je serais responsable de ce qui s'est passé après que la trousse a quitté mon magasin.

Holmes haussa les épaules.

— C'est possible, dit-il négligemment. Mais c'est ennuyeux. Je suis venu de loin.

— Mais, monsieur, si vous aviez demandé à la pauvre créature qui est venue dégager la trousse...

— La pauvre créature ? Je ne comprends pas.

Le ton sévère de Holmes intimida le prêteur. Avec la servilité naturelle des commerçants, il s'empressa de s'excuser.

— Pardonnez-moi, monsieur. Cette femme m'a fendu le cœur. A tel point que je lui ai cédé la trousse bien au-dessous de son prix. Je suis encore hanté par le souvenir atroce de son visage défiguré.

— Ah, murmura Holmes. Je vois. (Il se détournait en simulant la plus parfaite désillusion quand soudain son visage de faucon s'illumina.) J'ai une idée. L'homme qui a engagé la trousse... si je pouvais le joindre...

— J'en doute, monsieur. C'était il y a longtemps.

— Combien de temps ?

— Il faudrait que je consulte mon registre. (Il sortit un registre de sous le comptoir et le feuilleta en fronçant les sourcils.) Ah ! voilà. Cela fait déjà quatre mois. Comme le temps passe !

— Ne m'en parlez pas, fit Holmes d'un ton sec. Mais vous avez le nom et l'adresse de cet homme ?

— Ce n'était pas un homme, monsieur, c'était une dame.

J'échangeai un regard avec Holmes.

— Je vois, dit celui-ci. Quatre mois c'est assez long, mais cela vaut peut-être la peine d'essayer. Le nom de cette dame, je vous prie ?

Le prêteur cligna des yeux sur son registre.

— Young. Miss Sally Young.

— Son adresse ?

— Le foyer de Montague Street.

— Etrange lieu de résidence, hasardai-je.

— C'est vrai, *mein Herr*. En plein cœur de Whitechapel. Un quartier malsain, à l'heure actuelle.

— C'est le moins qu'on puisse dire. Je vous souhaite une bonne journée, monsieur, fit Holmes aimablement. Et je vous remercie de votre obligeance. (Comme nous nous éloignions de la boutique, Holmes eut un rire discret et me dit :) Il faut vraiment le prendre avec des pincettes, ce Joseph Beck. On peut l'attirer très loin mais il n'est pas question de le pousser d'un centimètre.

— Il m'a semblé tout disposé à se rendre utile.

— Sans doute. Mais le moindre fumet officiel dans notre enquête et on ne lui aurait pas fait dire l'heure qu'il était.

— Ainsi votre théorie s'est vérifiée, Holmes. Tout porte à croire que la suppression du scalpel soit un geste symbolique.

— C'est possible, mais cela n'a pas grand intérêt. Et maintenant, une visite au foyer de Montague Street et à miss Sally Young s'impose. Vous vous êtes sans doute fait une idée de la condition sociale des deux femmes que nous recherchons ?

— Bien sûr. Celle qui a engagé la trousse devait se trouver dans l'embarras.

— C'est une possibilité, Watson, mais c'est loin d'être une certitude.

— Si elle n'avait pas de difficultés financières, pourquoi aurait-elle engagé la trousse ?

— J'ai tendance à croire qu'elle rendait ainsi service à un tiers. Quelqu'un qui ne pouvait ou ne voulait pas se montrer dans la boutique du prêteur. Il est presque inconvenant pour une dame de posséder une trousse de chirurgien. Et que pensez-vous de la femme qui a retiré le gage ?

— Nous ne savons rien d'elle en dehors du fait qu'elle a reçu une blessure au visage. Peut-être s'agit-il d'une victime de l'Eventreur qui aurait réussi à échapper à la mort ?

— Bravo, Watson ! Votre hypothèse est admirable. Quant à moi, ce qui m'a frappé a trait à quelque chose d'un peu différent. Vous avez remarqué que *Herr* Beck, en parlant de la personne qui a dégagé la trousse, a dit la *femme*, tandis qu'il a parlé avec respect de celle qui l'avait engagée en l'appelant la *dame*. Nous pouvons tranquillement en conclure que miss Sally Young est une personne qui inspire un certain respect.

— Bien sûr, Holmes. La signification de ce détail m'avait totalement échappé.

— La personne qui a retiré le gage est sans doute de condition inférieure. Ce pourrait être une prostituée. Dieu sait que le quartier regorge de ces malheureuses.

Montague Street n'était pas loin de la boutique du prêteur et il nous fallut à peine vingt minutes pour nous y rendre à pied. C'est une rue très courte reliant Purdy Court à Olmstead Circus, le refuge bien connu des hordes de mendiants londoniens. A peine avions-nous fait quelques pas dans Montague Street que Holmes s'arrêtait.

— Ah ! ah ! que vois-je ?

Je levai les yeux sur l'écriteau de l'entrée qui surmontait une voûte en vieille pierre et qui portait ce seul mot : « Morgue ». Je ne me considère pas comme un être particulièrement sensible mais quand je plongeai mon regard dans les profondeurs ténébreuses de cette entrée en forme de tunnel, je me sentis en proie à un accablement comparable à celui qui m'avait assailli en découvrant le château de Shires.

— Ceci n'est pas un foyer, Holmes. A moins de donner ce nom à un sanctuaire pour les morts !

— Avant d'en juger, reconnaissons les lieux, dit-il en poussant une porte grinçante qui ouvrait sur une cour pavée.

— Il ne fait aucun doute que l'odeur de la mort rôde ici, lui dis-je.

— Et une mort très récente, Watson. Sinon que ferait notre ami Lestrade en ces lieux ?

Deux hommes étaient en conversation à l'autre bout de la cour. Holmes avait été plus prompt que moi à reconnaître l'un d'eux. C'était bien l'inspecteur Lestrade de Scotland Yard, plus maigre et plus chafouin que jamais.

Lestrade, entendant résonner nos pas, se retourna. Son visage exprima la surprise.

— Monsieur Holmes ! Qu'est-ce que vous faites là ?

— Quelle heureuse rencontre, Lestrade, dit Holmes avec un sourire chaleureux. Je suis ravi de constater que Scotland Yard n'hésite pas à faire son devoir et à suivre la piste du crime.

— Pas la peine de faire de l'esprit, maugréa Lestrade.

— Vous avez l'air contrarié. Quelle mouche vous pique ?

— Si vous ne savez pas de quoi il s'agit, c'est que vous n'avez pas lu les journaux du matin, répliqua Lestrade d'un ton sec.

— Le fait est que je ne les ai pas lus.

Le policier se tourna vers moi pour me saluer.

— Docteur Watson. Cela fait longtemps que le hasard ne nous avait mis en présence.

— Trop longtemps, inspecteur Lestrade. Vous allez bien ?

— Un peu de lumbago de temps en temps. Je n'en mourrai pas. (Il ajouta avec hargne :) Pas avant d'avoir envoyé le fou furieux de Whitechapel au gibet.

— Encore l'Eventreur ? fit aussitôt Holmes.

— Lui-même. La cinquième agression, monsieur Holmes. Vous devez le connaître par les journaux, bien que je n'aie pas entendu dire que vous soyez passé chez nous pour offrir vos services.

Holmes ne riposta point. Il me lança un clin d'œil.

— Nous nous rapprochons, Watson.

— Que dites-vous ? s'écria Lestrade.

— Selon vous, ce serait le cinquième meurtre ? Sans doute entendez-vous par là le cinquième meurtre officiel ?

— Officiel ou pas, Holmes...

— Je voulais dire qu'on ne peut jamais avoir de certitude. Vous avez trouvé le cadavre de cinq victimes de l'Eventreur. Comment savoir si d'autres n'ont pas été coupées en morceaux et définitivement éliminées ?

— Joyeuse perspective, marmonna Lestrade.

— Cette « cinquième » victime... j'aimerais bien la voir.

— Là-dedans. Ah ! Voici le docteur Murray. C'est lui qui dirige l'établissement.

Le Dr Murray était un homme d'aspect cadavérique, pâle comme un cierge, et dont le comportement placide me fit bonne impression. Son attitude exprimait la résignation que l'on trouve souvent chez les gens qui sont en contact étroit avec la mort. Lorsque Lestrade fit les présentations, il s'inclina et dit :

— S'il est vrai que j'accomplis ici certaines tâches, je préfère néanmoins que la postérité se souvienne de moi en tant que directeur du foyer voisin. Là, au moins, j'ai le sentiment de pouvoir être utile. Les pauvres gens que l'on amène ici n'ont plus besoin d'être secourus.

Lestrade intervint :

— Nous n'avons pas fini, dit-il en ouvrant une porte.

Nous fûmes accueillis par une forte odeur d'acide phénique, odeur que je connaissais bien depuis mon service dans l'Armée des Indes de Sa Majesté.

Nous fûmes introduits dans une pièce qui révélait le peu d'efforts que l'on fait pour sauvegarder la dignité des morts. C'était moins une salle qu'un long couloir dont les murs et le plafond étaient grossièrement chaulés. Le long du mur courait une plate-forme sur laquelle des tables en bois brut se dressaient à intervalles réguliers. Une bonne moitié des tables étaient occupées par des formes immobiles et dissimulées sous un drap. Lestrade nous conduisit à l'autre bout de la salle.

Il y avait là une autre plate-forme, une table et un pauvre morceau d'humanité enveloppé dans un drap. Cette plate-forme, un peu plus haute que la précédente, était placée de telle façon qu'on s'attendait à y voir un écriteau annonçant « Le Cadavre du jour ».

— Annie Chapman, annonça Lestrade d'un ton morose. La dernière victime de notre boucher.

Il souleva le drap.

Bien qu'il fût le plus objectif des hommes en matière de crime, Holmes ne put retenir une expression de pitié. Et moi — pourtant accoutumé à voir les morts soit dans leur lit, soit sur le champ de bataille — j'en fus tout retourné. Cette fille avait été massacrée comme une bête.

A ma grande stupeur, je crus voir la déception remplacer la pitié sur le visage de Holmes.

— Le visage n'est pas mutilé, dit-il comme s'il en éprouvait du regret.

— L'Eventreur ne mutile pas le visage de ses victimes, dit Lestrade. Il concentre son attention sur des parties plus intimes du corps.

Holmes se montra soudain froid et analytique. On aurait dit qu'il examinait un spécimen sur une table de dissection. Il me toucha le bras.

— Remarquez l'adresse de ce travail ignoble, Watson. Cela confirme ce que nous avons lu dans les journaux. Le monstre ne charcute pas au hasard.

L'inspecteur Lestrade se renfrogna.

— Il n'y a vraiment rien de très habile dans la façon dont le ventre est taillladé, Holmes. L'Eventreur s'est servi d'un couperet de boucher.

— Avant que le ventre ne soit disséqué, sans doute avec un bistouri, marmonna Holmes.

Lestrade haussa les épaules.

— Le deuxième coup, celui qu'il a porté au cœur... là aussi il s'est servi d'un couperet.

— L'ablation du sein gauche a été pratiquée avec une adresse remarquable, Lestrade, dis-je en frissonnant.

— La façon d'« opérer » de l'Eventreur varie. Son adresse semble être fonction du temps dont il dispose. Elle fait presque défaut dans certains cas où il a été interrompu dans son œuvre diabolique.

— Je suis contraint de modifier certaines idées superficielles que j'avais conçues. (Holmes semblait s'adresser moins à nous qu'à lui-même.) Un fou, sans aucun doute. Mais un fou très habile. Peut-être même brillant.

— Vous reconnaissez donc, monsieur Holmes, que Scotland Yard n'a pas affaire au dernier des imbéciles ?

— Très certainement, Lestrade. Je serai heureux de vous aider dans la mesure de mes pauvres moyens.

Lestrade fit les yeux ronds. Il n'avait jamais entendu Holmes rabaisser ses propres talents. Il se creusa la cervelle pour chercher une réplique, mais en vain, tant il était ahuri.

Il se remit, toutefois, pour exprimer ses doléances habituelles.

— Et si vous avez la chance de mettre la main sur le monstre...

— Je ne cherche pas les honneurs, Lestrade. Je vous garantis que les lauriers iront à Scotland Yard... si lauriers il y a. (Il se tourna vers le Dr Murray.) Nous autorisez-vous à visiter votre foyer, docteur ?

Le Dr Murray s'inclina.

— Vous me feriez un grand honneur, monsieur Holmes.

A cet instant, une silhouette pathétique fit son apparition. La pauvre créature était, à bien des égards, pitoyable, mais je fus d'abord frappé par la vacuité totale de son regard. Les traits inexpressifs, la bouche molle et entrouverte trahissaient l'idiotie. L'homme s'avança à pas traînants dans la salle et monta sur la plate-forme. Il fixa un regard vaguement interrogateur sur le Dr Murray qui lui sourit comme on sourit à un enfant.

— Ah ! Pierre, vous pouvez recouvrir le cadavre.

Une lueur avide éclaira le visage figé. Je ne pus m'empêcher de songer à un chien fidèle qui se voit confier une tâche par un maître bienveillant. Puis le Dr Murray nous fit signe et nous nous éloignâmes de la plate-forme.

— Il faut que je vous quitte, dit Lestrade, qui reniflait l'odeur de phénol en fronçant le nez. Si vous avez besoin d'un renseignement quelconque, monsieur Holmes, ajouta-t-il poliment, n'hésitez pas à faire appel à moi.

— Je vous remercie, Lestrade, répondit Holmes avec une égale courtoisie.

Les deux détectives avaient manifestement décidé de faire trêve jusqu'à la conclusion de cette sombre affaire et c'était, à ma connaissance, la première trêve qui intervenait entre eux.

En sortant du dépôt mortuaire, je jetai un dernier coup d'œil et je vis Pierre arranger soigneusement le drap sur le cadavre d'Annie Chapman. Je remarquai que Holmes regardait aussi en direction du pauvre d'esprit et qu'un éclair passait dans ses yeux gris.

4

Le foyer du Dr Murray

— On fait ce qu'on peut, dit le Dr Murray quelques instants plus tard, mais dans une ville aussi vaste que Londres, c'est aussi dérisoire que de chercher à repousser la mer à l'aide d'un balai... Une mer de dénuement et de désespoir.

Nous avions quitté la morgue et traversé la cour intérieure. Il nous fit franchir une autre porte et nous nous trouvâmes dans un décor assez misérable, mais plus accueillant. Le foyer était très vétuste. Construit à l'origine pour être une écurie, c'était un bâtiment long et bas où l'emplacement des stalles était encore visible. Là aussi, on avait utilisé des seaux de lait de chaux mais l'éternelle odeur du phénol s'alliait aux effluves un peu moins déplaisants de médicaments, de ragoût et de corps mal lavés. L'immeuble s'étirait en longueur à la façon d'un train ; les stalles avaient été remodelées pour former des pièces deux ou trois fois plus grandes qu'à l'origine et affectées à diverses fonctions. On avait écrit à l'encre noire sur des rectangles de carton : Dortoir pour Femmes, ou : Dortoir pour Hommes, selon le cas. Il y avait un dispensaire et une salle d'attente avec des bancs de pierre. Devant nous, un écriteau avec une flèche indiquait la chapelle et le réfectoire.

L'entrée du dortoir des femmes était masquée par un rideau, celle du dortoir des hommes était ouverte et l'on apercevait quelques pitoyables épaves qui dormaient sur des lits de camp.

Dans la salle d'attente, il y avait trois malades tandis que le dispensaire était occupé par un grand type à l'air patibulaire qui donnait l'impression qu'il venait de ramoner une cheminée. Il était assis, l'air maussade, les yeux rivés sur la jolie jeune femme agenouillée qui le soignait et achevait de bander le grand pied qu'il posait sur un tabouret bas. Quand elle eut terminé, elle se releva et chassa une boucle noire de son front.

— Il s'est fait une vilaine coupure sur un tesson de bouteille, dit-elle au Dr Murray.

Le médecin se baissa pour examiner le pied bandé de la brute avec autant de soin qu'un médecin mondain en eût accordé à un client fortuné. Puis il se redressa et dit avec bonté :

— Il faudra revenir demain pour qu'on change le pansement, mon ami. Surtout, n'oubliez pas.

Le rustre était l'ingratitude personnifiée.

— J'peux pas met'ma bottine. Comment que j'vais marcher ?

Il dit cela comme si le médecin était responsable, d'un ton si revêche que je ne pus m'empêcher de répliquer :

— Si vous aviez été à jeun, mon brave, vous n'auriez sans doute pas marché sur du verre cassé.

— Ben quoi, patron, faut bien boire un coup d'temps en temps, répondit-il effrontément.

— Je crains que ce ne soit pas seulement de temps en temps en ce qui vous concerne.

Le Dr Murray intervint :

— Attendez un instant. Je vais dire à Pierre de vous apporter un bâton. Nous en avons toujours pour parer à des éventualités de ce genre. (Puis, se tournant vers la jeune fille, il ajouta :) Sally, je te présente M. Sherlock Holmes et le Dr Watson, son collègue. Messieurs, voici ma nièce, miss Sally Young, qui est aussi mon bras droit. Sans elle, je ne sais pas ce qu'il adviendrait du foyer.

Nous serrâmes, à tour de rôle, la main menue que nous tendait miss Sally Young.

— Je suis très honorée, dit-elle d'une voix calme et posée. Je connaissais vos noms, mais je ne m'attendais pas à faire connaissance de deux personnages aussi illustres.

— Vous êtes trop aimable, murmura Holmes.

Avec beaucoup de tact elle m'avait inclus dans le compliment, moi qui n'étais que l'ombre de Sherlock Holmes, et je m'inclinai pour l'en remercier.

— J'irai moi-même chercher le bâton, Sally, dit le Dr Murray. Veux-tu bien terminer la visite du foyer avec M. Holmes et le Dr Watson ? Je crois qu'il leur plairait de voir la chapelle et la cuisine.

— Mais certainement. Je vais vous conduire.

Le Dr Murray s'éloigna à grands pas en direction de la morgue et nous suivîmes miss Young. Mais nous ne fîmes que quelques pas. Nous n'avions pas atteint la porte que Holmes déclarait soudain :

— Nous n'avons guère de temps, miss Young. Peut-être pourrons-nous terminer la visite une autre fois. Nous sommes venus aujourd'hui pour des raisons professionnelles.

La jeune fille n'eut pas l'air surprise.

— Je comprends très bien, monsieur Holmes. Puis-je vous être utile ?

— Je le crois. Il y a quelque temps, vous avez engagé un certain objet chez un prêteur de Great Heapton Street. Vous vous en souvenez ?

Elle répondit, sans la moindre hésitation :

— Bien sûr. Il n'y a pas si longtemps que cela.

— Cela vous ennuierait-il de nous dire comment vous êtes entrée en possession de cette trousse et pourquoi vous l'avez engagée ?

— Pas du tout. Elle appartenait à Pierre.

Cette nouvelle me stupéfia, mais Holmes ne sourcilla point.

— Le pauvre bougre qui a perdu la raison.

— Un cas pitoyable, dit la jeune fille.

— Et sans doute désespéré, fit Holmes. Nous l'avons rencontré il y a quelques instants. Pourriez-vous nous donner quelques renseignements sur ses origines ?

— Nous ne connaissons rien de lui avant son entrée ici. Mais je dois dire que cette entrée fut dramatique. Un soir, en traversant la morgue, je l'ai trouvé près d'un cadavre.

— Que faisait-il, miss Young ?

— Absolument rien ; il était près du cadavre dans cet état d'égarement que vous avez dû constater. Je lui ai parlé, puis je l'ai amené à mon oncle. Depuis lors, il est avec nous. Il n'était manifestement pas recherché par la police, car l'inspecteur Lestrade ne s'est nullement intéressé à lui.

Miss Sally Young monta dans son estime. Quelle belle preuve de courage ! Voilà une jeune fille qui était capable de se promener la nuit dans une morgue et de voir une silhouette de gargouille, comme celle de Pierre, penchée sur un cadavre sans se sauver, terrorisée.

— On ne peut pas dire que ce soit un critère...

Holmes s'interrompit.

— Que dites-vous, monsieur ?

— Une idée me passait par la tête, miss Young. Continuez, je vous prie.

— Nous avons fini par nous dire que quelqu'un avait dû amener Pierre au foyer et l'y abandonner, à la façon des mères qui laissent leur enfant devant la porte d'une église. Le Dr Murray l'a examiné et s'est aperçu qu'il avait reçu une terrible blessure : on avait dû le rouer de coups. Les plaies qu'il avait à la tête s'étaient cicatrisées mais on ne pouvait rien faire pour dissiper le brouillard qui s'était définitivement emparé de son cerveau. C'est un être inoffensif et si désireux de rendre service qu'il s'est lui-même créé une place au foyer. Pour nous, il serait inconcevable de le renvoyer dans un monde où il est incapable de survivre.

— Et la trousse de chirurgien ?

— Il avait un balluchon renfermant quelques vêtements. La trousse y était enfouie ; c'était le seul objet de valeur qu'il possédât.

— Que vous a-t-il appris de sa vie ?

— Rien. Il ne parle qu'avec effort et ne dit que des mots sans suite, presque incompréhensibles.

— Mais son nom... Pierre ?

Elle rit et ses joues se teintèrent délicatement.

— Je me suis permis de le baptiser. Les quelques vêtements qu'il avait portaient des étiquettes françaises. Il y avait également un mouchoir de couleur avec des lettres brodées à la façon française. C'est la seule raison qui m'a poussée à l'appeler Pierre, car je suis persuadée qu'il n'est pas français.

— Comment se fait-il que vous ayez engagé la trousse ? demanda Holmes.

— Cela s'est passé fort simplement. Je vous ai dit que Pierre ne possédait pratiquement rien. Le budget du foyer est extrêmement réduit. Nous n'étions pas en mesure de le vêtir correctement. Alors j'ai pensé à la trousse. C'était manifestement un objet de valeur qui ne pouvait en rien lui être utile. Je lui ai expliqué mon projet et, à ma grande surprise, il a hoché la tête avec une infinie conviction. (Elle rit à nouveau avant de poursuivre :) La seule difficulté a été de lui faire accepter l'argent. Il voulait en faire don au foyer.

— Il est donc encore capable de ressentir des émotions. En tout cas de la gratitude.

— Certainement, répondit Sally Young avec chaleur. Mais maintenant, monsieur, peut-être accepterez-vous de répondre à la question que je vais vous poser. Pourquoi vous intéressez-vous à cette trousse de chirurgien ?

— Elle m'a été envoyée par une personne inconnue.

— Alors quelqu'un l'a dégagée ! s'écria miss Young en ouvrant de grands yeux.

— Oui. Avez-vous une idée de qui cela peut être ?

— Pas la moindre. (Après un instant de réflexion, elle reprit :) Il n'y a pas forcément un rapport. Il pourrait s'agir de quelqu'un qui est tombé par hasard sur la trousse et l'a rachetée parce que c'était une affaire.

— Il manquait un des instruments quand elle m'est parvenue.

— C'est étrange ! Je me demande ce qu'on a pu en faire.

— La trousse était complète quand vous l'avez gagée ?

— Absolument.

— Je vous remercie, miss Young.

A cet instant, la porte s'ouvrit et un homme entra. Si lord Carfax n'était pas la dernière personne que je m'attendais à voir, ce n'était certes pas la première.

— Lord Carfax ! s'écria Holmes. Le hasard nous remet en présence.

Le gentilhomme, à voir son visage décomposé, était aussi surpris que moi. Sally Young rompit le silence :

— Vous avez déjà rencontré ces messieurs, milord ?

— Nous avons eu cet honneur hier, répondit Holmes, chez le duc de Shires.

Lord Carfax retrouva la parole.

— M. Holmes entend parler de la propriété de campagne de mon père. (Se tournant vers Holmes, il ajouta :) Il est bien plus normal de me trouver ici que de vous y rencontrer. Le foyer occupe une grande partie de mon temps.

— Lord Carfax est notre ange gardien, dit Sally Young d'une voix vibrante. Il a donné son temps et son argent de façon si généreuse que le foyer est tout autant son œuvre que la nôtre. Sans lui, cette œuvre ne pourrait guère survivre.

Le visage de lord Carfax s'empourpra.

— Je crois que vous exagérez, ma chère.

D'un geste affectueux, elle posa une main sur son bras ; elle avait les yeux lumineux. Puis son regard s'assombrit et son comportement changea du tout au tout.

— Lord Carfax, il y en a une autre. Vous êtes au courant ?

Il hocha tristement la tête.

— Je me demande si cela finira jamais. Monsieur Holmes, auriez-vous décidé d'employer vos talents au dépistage de l'Eventreur ?

— Cela dépendra des circonstances, répondit Holmes d'un ton sec. Nous avons trop abusé de votre temps, miss Young. Je pense que nous nous reverrons.

Nous prîmes congé et repartîmes, traversant la morgue silencieuse et abandonnée à la seule présence des morts.

La nuit était tombée et les rares réverbères qui jalonnaient les rues désertes de Whitechapel semblaient accentuer plutôt que dissiper les ténèbres.

Je relevai mon col.

— Je vous dirai tout de suite, Holmes, qu'un bon feu et une tasse de thé bouillant...

— En garde, Watson! s'écria Holmes dont les réactions étaient infiniment plus promptes que les miennes.

Presque aussitôt, nous défendions âprement notre vie contre trois bandits qui avaient surgi des ténèbres pour nous attaquer.

Je vis l'éclair d'une lame tandis qu'une des brutes criait :

— Mettez-vous à deux sur le grand type !

C'est ainsi que je me trouvai aux prises avec le troisième chenapan et c'était amplement suffisant car je le vis brandir une arme étincelante. La sauvagerie de son attaque ne laissait aucun doute quant à ses intentions. Je pivotai juste à temps pour lui faire face, mais ma canne m'échappa des mains et le couteau m'aurait transpercé si la brute n'avait trébuché dans sa hâte de m'anéantir. Il tomba en avant, battant l'air de ses mains et moi, d'instinct, je levai le genou. Je ressentis une douleur bienvenue dans la cuisse quand ma rotule percuta contre le visage de mon agresseur. Il poussa un hurlement de douleur et recula en chancelant ; le sang lui ruisselait des narines.

Holmes n'avait perdu ni sa canne ni son sang-froid. J'observai, du coin de l'œil, sa première parade. Utilisant sa canne comme une épée, il porta une franche estocade au ventre de son adversaire le plus proche. L'embout s'enfonça profondément, arrachant un cri d'angoisse à l'homme qui s'écroula en se tenant le ventre.

Je n'en vis pas plus car mon agresseur s'était relevé et revenait à la charge. J'encerclai le poignet de la main qui tenait le couteau et déviai la trajectoire de la lame qui menaçait ma gorge. Ce fut ensuite un corps à corps désespéré. Nous roulâmes pêle-mêle sur la chaussée sans cesser de lutter avec acharnement. C'était un costaud et j'avais beau faire pression sur son bras, de toutes les forces de mon corps, le couteau se rapprochait de ma gorge.

Je remettais mon âme à Dieu lorsque la canne de Holmes vint frapper mon agresseur aux yeux et le projeta par-dessus ma tête. Je fis un effort pour me dégager du corps qui pesait sur moi et parvins à me mettre à genoux. A cet instant, un des agresseurs de Holmes poussa un cri de rage et de douleur. L'un des trois comparses s'écria :

— Viens, Butch, on file ! Ces types-là sont un peu durailles !

Les deux autres empoignèrent mon adversaire pour le mettre debout, le trio s'enfuit dans la nuit et disparut.

Holmes s'était agenouillé auprès de moi.

— Watson ! Vous n'êtes pas blessé ? Avez-vous reçu un coup de couteau ?

— Pas une égratignure, mon cher Holmes, dis-je pour le rassurer.

— Dieu merci. Je ne me le serais jamais pardonné.

— Et vous, mon vieux, vous n'avez rien ?

— Tout juste un bleu au menton. (Holmes m'aida à me relever et ajouta d'un ton rageur :) Je suis un imbécile. Je m'attendais à tout sauf à une agression. Cette affaire évolue très vite.

— Vous auriez tort de vous en vouloir. Comment pouviez-vous prévoir ce qui est arrivé ?

— Mon métier consiste à prévoir.

— Votre vivacité vous a permis de les battre sur leur propre terrain alors qu'ils bénéficiaient de tous les avantages.

Mais Holmes ne voulait pas être réconforté.

— Je suis lent, Watson, lent. Venez, nous allons chercher un fiacre et vous ramener à la maison où vous trouverez un bon feu et une tasse de thé.

Cahin-caha, un fiacre arrivait. Nous repartions à grand bruit vers Baker Street quand Holmes me dit :

— Il serait intéressant de savoir qui les a envoyés.

— C'est évidemment quelqu'un qui souhaite notre mort, répliquai-je.

— Mais notre ennemi, quel qu'il soit, semble avoir manqué de discernement quant au choix de ses émissaires. Il aurait dû faire appel à des lascars moins emballés. Ils ont mis tant de cœur à l'ouvrage qu'ils en ont perdu leurs moyens.

— Heureusement pour nous, Holmes.

— Ils ont quand même atteint un but. Ils ont dissipé toute incertitude et m'ont irrévocablement impliqué dans cette affaire.

Holmes avait parlé d'un ton fort menaçant et nous achevâmes le trajet en silence. Il ne desserra point les dents avant que nous ne soyons installés près du feu, avec une tasse de thé bien chaud préparé par Mme Hudson.

— Après vous avoir quitté, hier, Watson, j'ai vérifié quelques détails mineurs. Savez-vous qu'il y a un nu — une assez belle toile — d'un certain Kenneth Osbourne sur un mur de la National Gallery ?

— Vous dites bien Kenneth Osbourne ? m'écriai-je.

— Le duc de Shires.

Ellery réussit

Il avait tapé toute la nuit ; l'aube le trouva les yeux papillotant, le menton bleu de barbe, l'estomac au fond des talons.

Ellery alla dans la cuisine, ouvrit le réfrigérateur et en sortit une bouteille de lait et les trois sandwiches qu'il avait oublié de manger la veille. Il les engloutit, vida le lait qui restait dans la bouteille, s'essuya la bouche, bâilla et s'approcha du téléphone.

— Bonjour, papa, qui a gagné ?

— Qui a gagné quoi ? fit l'inspecteur Queen d'un ton dolent, toujours aux Bermudes.

— La partie de...

— Ah, ça ? J'ai pas eu le temps de jouer qu'ils avaient déjà gagné. Quel temps fait-il à New York ? Immonde, j'espère.

— Le temps ? (Ellery regarda la fenêtre, mais les stores étaient baissés.) Eh bien, franchement, je n'en sais rien. J'ai travaillé toute la nuit.

— Et vous avez le culot de m'envoyer ici pour que je me repose ! Fils, pourquoi ne venez-vous pas, vous aussi ?

— J'peux pas. Ce n'est pas seulement ce bouquin qu'il faut que je termine, mais Grant Ames est passé hier. Il m'a sifflé toute ma cave et m'a laissé un paquet.

— Ah bon ? fit l'inspecteur en s'animant soudain. Quel genre de paquet ?

Ellery lui donna quelques explications.

Le vieux monsieur eut un reniflement de mépris.

— Quelles idioties ! Quelqu'un s'amuse à vous faire marcher. Vous l'avez lu ?

— Quelques chapitres. Je dois dire que c'est drôlement bien fait. C'est même passionnant. Et puis — je ne sais ce qui s'est passé, la foudre a dû me tomber sur la tête —, je me suis remis à ma machine à écrire. Quels sont vos projets aujourd'hui, papa ?

— Je vais me rôtir sur cette bon Dieu de plage. Ellery, je m'ennuie tellement que je commence à me ronger les ongles. Fils, vous ne voulez vraiment pas me laisser rentrer ?

— Pas question, dit Ellery. Rôtissez-vous. J'ai une idée. Vous n'avez pas envie de lire un Sherlock Holmes inédit ?

La voix de l'inspecteur Queen se fit un rien sournoise.

— Ça, c'est pas idiot. Je vais téléphoner à l'agence de voyages pour qu'ils me trouvent une place dans un avion. Je peux être à New York en un rien de temps...

— Rien à faire. Je vous enverrai le manuscrit par la poste.

— Je m'en fiche de votre manuscrit ! hurla le père.

— A bientôt, papa, dit Ellery. N'oubliez pas de mettre vos lunettes de soleil quand vous serez sur la plage. Et mangez bien tout ce qu'on met dans votre assiette.

Il raccrocha et regarda la pendule. Elle était aussi éraillée que la machine à écrire.

Il alla dans la salle de bains, prit une douche et réapparut dans son bureau en pyjama. Il commença par débrancher la prise murale du téléphone. Puis il empoigna le *Journal* du Dr Watson.

« Ça va me faire dormir », se dit-il sournoisement.

5

Le club Diogène

Le lendemain matin, quand je me réveillai, je trouvai Holmes debout, occupé à faire les cent pas. Sans la moindre allusion aux mésaventures de la veille, il me dit :

— Watson, vous serait-il possible de prendre quelques notes ?

— Bien sûr, avec plaisir.

— Je suis désolé de vous faire jouer les secrétaires, mais j'ai une raison précise de vouloir classer par ordre et par écrit les détails de cette affaire.

— Une raison précise ?

— Très précise. Cet après-midi, si vous êtes libre, nous irons voir mon frère Mycroft à son club. Je crois qu'une consultation nous serait salutaire. A certains points de vue, les talents analytiques de mon frère sont supérieurs aux miens.

— Je sais la grande estime que vous avez pour lui.

— Evidemment, il est ce qu'on pourrait appeler un talent sédentaire, en ceci qu'il a horreur de se déplacer. Si l'on inventait une chaise roulante capable de transporter les gens de chez eux à leur bureau et de leur bureau chez eux, Mycroft en serait le tout premier acheteur.

— Je crois me souvenir que c'est un homme qui s'astreint à mener une vie très régulière.

— C'est d'ailleurs pourquoi il a tendance à ramener toute énigme — humaine ou autre — aux dimensions d'un échiquier. Ce système est beaucoup trop restrictif pour mon goût, mais il a souvent des méthodes fort stimulantes dans l'analyse purement abstraite. (Holmes se frotta les mains.) Dressons maintenant la liste de nos acteurs. Sans forcément les prendre par ordre d'importance, nous avons d'abord le duc de Shires...

Holmes passa une heure à récapituler pendant que je prenais des notes. Puis il arpenta les pièces de l'appartement tandis que je mettais un peu d'ordre dans mes notes. Lorsque j'eus terminé, je lui tendis le résumé suivant qui comportait des renseignements que j'avais ignorés jusqu'alors et que Holmes avait recueillis pendant la nuit.

Le duc de Shires (Kenneth Osbourne).

Détenteur actuel du titre et des terres qui remontent à l'an 1420. Vingtième descendant de la lignée, le duc mène une vie tranquille, partageant son temps entre son domaine et sa maison de Berkeley Square, où il fait de la peinture. Son épouse, décédée depuis dix ans, lui a donné deux fils. Il ne s'est pas remarié.

Lord Carfax (Richard Osbourne).

Fils aîné de Kenneth. Héritier direct du titre. Il a une fille qui se prénomme Deborah. Le destin l'a frappé lorsque sa femme est décédée sur la table d'accouchement. L'enfant est confiée à une gouvernante avec qui elle vit dans le domaine du Devonshire. Il existe un lien affectif très fort entre le père et la fille. Lord Carfax fait preuve de profondes préoccupations humanitaires. Il fait généreusement don de son temps et de son argent au foyer de Montague Street, à Londres, qui accueille les indigents.

Michael Osbourne.
Fils cadet de Kenneth. Source de honte et de chagrin pour le père. Selon des témoignages, il n'a pu se résigner à l'infériorité de sa situation de fils cadet non héritier et a mené une existence dissolue. S'efforçant, dit-on, de déshonorer le titre auquel il n'avait pas accès, il aurait épousé une femme des rues dans le seul but, semble-t-il, de parfaire ses desseins pernicieux. Cet acte répréhensible aurait eu lieu lorsqu'il était étudiant en médecine à Paris. Il a été expulsé de la Sorbonne peu de temps après. A partir de là, on ne sait plus rien de sa vie et l'on ne connaît pas son adresse actuelle.

Joseph Beck.
Prêteur sur gages dont la boutique est située dans Great Heapton Street. En fonction des renseignements que nous possédons, son importance est douteuse.

Dr Murray.
Un médecin dévoué qui dirige la morgue de Montague Street et se consacre au foyer voisin qu'il a lui-même fondé.

Sally Young.
Nièce du Dr Murray. Consacre tout son temps au foyer. Infirmière et assistante sociale dévouée, c'est elle qui a engagé la trousse de chirurgien chez Beck. Elle a répondu sans hésitation à nos questions et ne semble pas avoir caché quoi que ce soit.

Pierre.
Un idiot apparemment inoffensif recueilli au foyer où il accomplit de basses besognes. La

trousse de chirurgien a été trouvée parmi ses effets et engagée par miss Young pour lui venir en aide. Il semblerait qu'il vienne de France.

La femme défigurée.
Non identifiée.

Holmes parcourut le résumé et ne put retenir une grimace d'insatisfaction.

— A défaut de mieux, cela sert à nous faire voir le peu de chemin que nous avons parcouru, et tout ce qu'il nous reste à faire. Nous n'avons pas dressé la liste des victimes qui nous forcent à agir rapidement. Cinq d'entre elles sont déjà connues et tout retard de notre part ne pourra qu'allonger la liste. Alors, si vous voulez bien aller vous habiller, nous ferons signe à un cab et nous rendrons au club Diogène.

Holmes était plongé dans ses pensées tandis que la voiture cahotait sur la chaussée, mais je me risquai à le déranger lorsqu'une idée me vint brusquement à l'esprit.

— Holmes, lui dis-je, quand nous avons quitté le domaine du duc de Shires, vous avez parlé de deux erreurs commises par lord Carfax. Je crois en avoir trouvé une.

— Ah oui ?

— Je viens de penser au fait qu'il n'a pas demandé comment vous étiez entré en possession de la trousse de chirurgien. On peut donc logiquement en conclure qu'il le savait.

— Excellent, Watson.

— A la lumière de cette omission pouvons-nous supposer à juste titre que c'est lui qui vous l'a envoyée ?

— Nous sommes tout au moins autorisés à le soupçonner de savoir qui l'a fait.

— Alors peut-être lord Carfax détient-il la clef de l'identité de la femme défigurée ?

— Cela est fort possible, Watson. Il y a toutefois une grande différence entre le fait de découvrir une clef et celui de la tourner dans la serrure.

— Je dois avouer que la deuxième erreur de lord Carfax m'a échappé.

— Vous vous souvenez que j'ai fait tomber la trousse en éparpillant tous les instruments sur le sol, en présence de lord Carfax qui a eu la bonté de les ramasser.

— Oui.

— Peut-être n'avez-vous pas remarqué qu'il les a replacés, sans l'ombre d'une hésitation, chacun dans son compartiment, d'une main habile et experte.

— Mais oui, bien sûr !

— Maintenant que vous vous rappelez cela, quel renseignement complémentaire pouvez-vous en déduire ?

— Bien qu'il ne fasse état d'aucune connaissance théorique ou pratique de la chirurgie, les instruments de cet art lui sont très familiers.

— Exactement. C'est une donnée qu'il nous faut classer dans nos archives mentales afin de l'en ressortir au besoin. Mais nous y voici, Watson, et Mycroft nous attend.

Le club Diogène ! Je n'avais pénétré qu'une seule fois dans cette enceinte silencieuse mais je m'en souvenais très bien. Ma première visite remontait à l'époque où Mycroft avait confié à son frère, plus actif, la curieuse affaire de l'interprète grec que j'ai eu l'honneur et la satisfaction de consigner par écrit pour le plus grand plaisir de la foule — considérable — des admirateurs de Sherlock Holmes.

Le club Diogène a été constitué par — et pour — des hommes qui recherchaient la solitude en plein cœur d'une ville tapageuse. C'est un endroit luxueux où l'on trouve de très bons fauteuils, une chère excellente et autres agréments à l'usage des gens soucieux de leur confort. Le règlement, qui est fonction du principe fondamental du club, est appliqué à la lettre ; il a pour but de décourager, ou plutôt d'interdire, tous échanges sociaux. Il est strictement interdit de parler, sauf dans le Salon des Etrangers où nous fûmes introduits sans un mot. En fait, il est interdit à tout membre du club de s'occuper des autres. La légende — apocryphe selon moi — prétend que l'on découvrit la mort d'un des membres qui avait succombé à une crise cardiaque, pour la seule raison qu'un autre membre remarqua que le journal qui s'étalait devant le pauvre homme datait de trois jours.

Mycroft Holmes nous attendait dans le Salon des Etrangers. J'appris par la suite qu'il s'était absenté de son poste dans un ministère situé à deux pas du club, dans Whitehall. Je dois ajouter que cela représentait une rupture exceptionnelle de ses habitudes immuables.

Pourtant les deux frères ne parurent pas pressés d'en venir au fait. Mycroft, un homme puissant et bien en chair, avec une épaisse chevelure grise et des traits massifs, ne ressemblait guère à son frère cadet. Il lui serra la main en s'écriant :

— Sherlock ! Tu as l'air très en forme. On dirait que les vagabondages en Angleterre et sur le Continent te réussissent à merveille. (Il me tendit alors une main trapue.) Docteur Watson. J'avais entendu dire que le mariage vous avait sorti des griffes de Sherlock. J'espère bien qu'il ne vous a pas recapturé.

— Je suis très heureux en ménage, répondis-je, mais mon épouse s'est rendue auprès d'une de ses tantes.

— Et le long bras de Sherlock s'est aussitôt tendu.

Mycroft avait un sourire chaleureux. Pour un être aussi peu sociable, il avait curieusement le don de mettre les gens à l'aise. Il était venu nous accueillir à la porte et maintenant il s'approchait de la fenêtre qui donnait sur une des artères les plus animées de Londres. Les deux frères restèrent côte à côte à contempler le spectacle de la rue.

— Sherlock, dit Mycroft, je ne suis pas venu dans cette pièce depuis ta dernière visite, mais je m'aperçois qu'au-dehors les visages ne changent pas. En regardant la rue, on pourrait croire que c'était hier.

— Et pourtant, murmura Sherlock, elle a changé. De vieilles intrigues se sont dénouées et d'autres se nouent.

— Crois-tu, demanda Mycroft, que les deux hommes qui sont sur le trottoir soient impliqués dans quelque sombre intrigue ?

Il montra les deux hommes du doigt.

— L'allumeur de réverbères et le comptable ?

— Ceux-là mêmes.

— Je ne pense pas. L'allumeur de réverbères est en train de consoler le comptable qui vient de perdre son emploi.

— Je suis d'accord. L'employé ne va pas tarder à trouver une nouvelle place qu'il aura tôt fait de perdre et il se retrouvera dans la rue.

Je ne pus m'empêcher d'intervenir pour exprimer mes habituelles objections.

— Voyons, voyons, vous y allez un peu fort.

— Watson, Watson, fit Mycroft d'un ton de reproche, après tant d'années passées en compagnie de Sherlock, comment pouvez-vous être aussi myope ? Même à cette distance vous avez sûrement remarqué les taches d'encre noire et rouge, que le premier a sur les doigts ? Elles trahissent fatalement la profession de comptable.

— Remarquez également, ajouta Holmes cadet, la tache d'encre qui macule son col à l'endroit où la plume a touché l'étoffe, ainsi que l'aspect fripé d'un costume tout à fait correct par ailleurs.

— D'où, intervint Mycroft avec une gentillesse qui m'agaça, vous pouvez, sans aucun mal, déduire le laisser-aller de cet homme dans son travail et imaginer un employeur excédé.

— Non seulement excédé, mais impitoyable, corrigea Sherlock, comme en témoigne le journal qui est dans la poche du comptable et qui est ouvert à la rubrique des offres d'emploi. Il est donc au chômage.

— Pourtant, vous avez dit qu'il trouverait une place ! dis-je à Mycroft avec humeur. Si cet homme est aussi négligent que vous le prétendez, pourquoi un nouvel employeur envisagerait-il de l'engager ?

— La plupart ne le feraient pas, mais un grand nombre d'annonces sont soulignées et il est évident que notre homme a l'intention de se présenter partout. Pareil déploiement d'énergie dans la recherche d'une situation finira par être récompensé.

Je levai les bras au ciel.

— Une fois de plus, je m'incline. Mais le fait que le second soit allumeur de réverbères... cela ne peut être qu'une conjecture de votre part.

— Là, c'est un peu plus technique, convint mon ami Holmes. Mais remarquez la tache élimée sur la partie interne de la manche droite, juste au-dessus du poignet.

— C'est le signe distinctif de l'allumeur de réverbères, dit Mycroft.

— Lorsqu'il tend sa perche pour allumer la lanterne, expliqua Sherlock, il frotte continuellement la perche contre cette partie de sa manche. C'est vraiment élémentaire, Watson. (Avant que je puisse répondre, Holmes, changeant soudain d'humeur, se détourna de la fenêtre en fronçant les sourcils.) Je voudrais bien que le problème qui nous occupe soit aussi facile à résoudre. C'est d'ailleurs ce qui nous amène, Mycroft.

— Donne-moi les détails, répondit son frère en souriant. Il ne faut pas que mon après-midi soit tout à fait perdu.

Vingt minutes plus tard, nous étions installés sans rien dire dans les fauteuils du Salon des Etrangers. Ce fut Mycroft qui rompit le silence.

— Le tableau que tu fais, Sherlock, me paraît bien tracé. Mais tu es certainement capable de résoudre tout seul cette énigme.

— Je n'en doute pas, mais le temps presse. Il est urgent de prévenir de nouveaux crimes. Deux cerveaux valent mieux qu'un. Tu pourrais déceler quelque chose qui m'éviterait de perdre une ou deux précieuses journées à faire des recherches.

— Alors, voyons exactement les éléments dont tu disposes. Ou plutôt dont tu ne disposes pas, car ils sont loin d'être complets.

— Evidemment.

— Et pourtant tu as touché, quelque part, un point sensible comme en témoigne l'attaque rapide et sauvage que vous avez essuyée, Watson et toi. A moins que tu ne veuilles l'imputer à une coïncidence.

— Certainement pas !

— Moi non plus. (Mycroft se tiraille l'oreille.) Ce qui est certain c'est qu'il ne faut pas être sorcier pour découvrir la véritable identité de Pierre.

— Certes pas. Il n'est autre que Michael, le fils cadet du duc de Shires.

— Quant aux graves blessures de Michael, il se peut que son père n'en ait pas connaissance. Par contre, lord Carfax est au courant de la présence de Michael au foyer ; il ne fait aucun doute qu'il a reconnu son jeune frère.

— Je me rends parfaitement compte que lord Carfax n'a pas été tout à fait franc avec nous, remarqua Sherlock.

— Il m'intéresse. Le masque du philanthrope déguise à merveille le diable. Lord Carfax pourrait bien être responsable de la remise de Michael entre les mains du Dr Murray.

— Mais aussi bien, fit Holmes d'un ton acerbe, de ses blessures.

— C'est possible. Mais il te faut trouver les autres éléments, Sherlock.

— Le temps, Mycroft, le temps ! Tout le problème est là. Il faut que je découvre très vite le fil important de cet écheveau et que je m'en empare.

— Je crois qu'il faudrait que tu t'arranges pour forcer la main à lord Carfax.

J'intervins dans la conversation.

— Puis-je poser une question ?

— Mais bien sûr, Watson. Nous n'avons aucunement l'intention de vous tenir à l'écart.

— Je ne peux guère vous être utile, mais il me semble que notre premier souci doit être d'identifier Jack l'Eventreur. C'est pourquoi je vous le demande : croyez-vous que nous ayons rencontré l'assassin ? l'Eventreur est-il une des personnes à qui nous avons eu affaire ?

Sherlock Holmes sourit.

— Avez-vous un candidat à cet honneur douteux, Watson ?

— S'il me fallait en choisir un, je nommerais l'idiot. Mais je dois avouer que je suis impardonnable de n'avoir pas reconnu en lui Michael Osbourne.

— Sur quelles bases le condamnez-vous ?

— Rien de tangible, hélas ! Mais je ne peux pas oublier le tableau que j'ai entrevu quand nous avons quitté la morgue de Montague Street. Le Dr Murray, vous vous en souvenez, a donné l'ordre à Pierre de recouvrir le cadavre de la malheureuse. Il n'y avait rien de probant dans ce geste, mais la façon dont il l'a accompli m'a donné la chair de poule. Il avait l'air d'être en extase devant ce cadavre mutilé. Tandis qu'il arrangeait le drap, sa main caressait amoureusement la chair glacée. Il semblait passionné pour cette boucherie.

Il y eut un instant de silence pendant lequel les deux frères évaluaient ma contribution. Puis Mycroft déclara d'une voix grave :

— Vous faites ressortir un argument fort pertinent, Watson. Tout ce que je peux dire, c'est qu'il est difficile, vous le savez fort bien, d'interpréter les actes engendrés par un cerveau endommagé. Toutefois, votre réaction instinctive peut valoir beaucoup plus que toute la logique que nous parviendrons à rassembler.

— C'est une hypothèse dont il faut certainement tenir compte, ajouta Sherlock.

J'eus toutefois l'impression qu'ils faisaient, l'un et l'autre, assez peu de cas de ma contribution et qu'ils se montraient tout simplement aimables.

Mycroft se mit debout lourdement.

— Il faut que tu recueilles plus d'éléments, Sherlock.

Son frère lui serra la main.

Il me vint à l'esprit que tout au long de cet entretien avec Mycroft, Sherlock Holmes n'avait pas été l'être plein d'aplomb et d'assurance que je connaissais. Je m'interrogeais sur ce point lorsque Mycroft dit calmement :

— Je crois connaître la source de ta confusion, Sherlock. Il te faut la surmonter. Tu abordes cette affaire de façon trop subjective.

— Je ne te suis pas, fit Holmes un peu sèchement.

— Cinq meurtres parmi les plus abominables de notre siècle et ce n'est peut-être pas fini. Si tu t'étais occupé plus tôt de cette affaire, tu aurais sans doute pu en éviter plusieurs. C'est cela qui te ronge. L'acide du remords peut émousser l'intelligence la plus aiguisée.

Holmes n'avait rien à répondre à cela. Il secoua la tête avec impatience et dit :

— Allons, Watson. La partie est commencée. Nous allons traquer une bête sauvage.

— Sauvage et rusée, dit Mycroft pour nous mettre en garde. Sherlock, ajouta-t-il, tu cherches une femme défigurée. L'épouse mal famée de Michael Osbourne est une autre clef qui te fait défaut. Qu'est-ce que cela peut vouloir dire ?

Holmes regarda son frère avec hargne.

— Tu penses vraiment que je suis devenu idiot, Mycroft ! Cela veut dire, évidemment, qu'elles sont une seule et même personne.

Là-dessus, nous quittâmes le club Diogène.

La Némésis d'Ellery
mène l'enquête

La sonnette de l'appartement était un bouton de rose sculpté sur un fond de feuilles de lierre. Grant Ames y planta l'index et récolta une fille en pyjama d'un vert asphyxiant.

— Bonjour, Madge. J'étais dans le quartier, alors je suis venu.

Madge était rayonnante. Ce mâle visage un tantinet patricien évoquait pour elle un gigantesque $.

— Alors, vous avez eu l'idée de faire un saut chez moi ? dit-elle comme s'il s'agissait du premier énoncé de la théorie des quanta tout en ouvrant si grande la porte que le mur tressaillit sous l'impact.

Grant s'avança à pas prudents.

— C'est mignon tout plein, chez vous.

— C'est l'appartement pratique de la femme d'affaires normale, tout simplement. J'ai littéralement ratissé le quartier Est et j'ai fini par dénicher ça. C'est ignoblement cher, mais, bien sûr, je ne pourrais envisager d'habiter ailleurs que dans le quartier Est.

— Je ne savais pas que vous étiez dans les affaires.

— Mais si, mais si. Je suis expert-conseil. Vous buvez un scotch, n'est-ce pas ?

Il appartenait à l'enquêteur en herbe de sonder le terrain.

— Et qui conseillez-vous ?

— Le service de public-relations de l'usine.

— L'usine de votre père, bien entendu.

— Bien entendu.

Madge Short était fille des Chaussures Chic Short, mais il y avait trois frères et deux sœurs pour se partager l'éventuel butin. Mutine et rousse, elle hocha vivement la tête en tendant à Grant Ames un scotch bien tassé.

— Et l'usine est située... ?

— Dans l'Iowa.

— Vous faites la navette ?

— Mais non, gros bêta ! Il y a un bureau à Park Avenue.

— Vous m'étonnez, mon cœur. Je vous imaginais dans un tout autre rôle.

— Celui de la mariée ?

Deux jeunes seins superbes — deux offrandes votives — tendirent le vert asphyxiant de la veste de pyjama.

— Non, pas du tout, s'empressa de répondre Grant. Je vous voyais plutôt dans une carrière littéraire.

— Vous rigolez !

Grant avait examiné la pièce. Il n'y avait pas un livre — pas même une revue —, mais cela n'était pas forcément concluant.

— Je voyais en vous une avide lectrice, ma poulette, une sacrée bouquineuse, quoi.

— A l'heure qu'il est ? Où irait-on trouver le temps ?

— Une page ou deux, par-ci, par-là.

— Bien sûr, je lis quand même un peu. *La Sexualité et la Femme*...

— Moi, personnellement, je suis fana de bouquins policiers. *L'Abbé Brown, L'Evêque Cushing*.

Il épia étroitement la réaction de la donzelle.

— Moi aussi, je les aime bien.

— Et puis, de temps en temps, poursuivit Grant avec roublardise, quelques écrits philosophiques... Burton, Sherlock Holmes.

— Un de ceux qui étaient à la réception était expert en Zen.

Le doute s'insinuait en lui et Grant s'empressa de changer de sujet.

— Vous aviez un petit bikini bleu, une pure merveille.

— Je suis ravie qu'il vous ait plu, chéri. Que diriez-vous d'un autre scotch ?

— Non, merci, dit Grant en se levant. Le temps passe au galop et... et puis voilà.

Il n'y avait rien à tirer de la rouquine.

Il s'effondra au volant de sa Jag.

Comment faisaient-ils, ces types-là ? Holmes ? Et même Queen ?

Pendant ce temps quelque chose se plaquait contre le nez d'Ellery qui suffoquait. Il se réveilla et se rendit compte que c'était le *Journal* qu'il avait emporté au lit. Il bâilla, jeta le carnet par terre et s'assit, à moitié groggy, sur le bord du lit. Le *Journal* se trouvait maintenant entre ses pieds ; alors il se plia en deux et posa la tête entre ses mains.

Et il se mit à lire, en position nord-sud.

6

Je traque l'Éventreur

Je dois dire que, le lendemain matin, Holmes me mit hors de moi.

Quand je m'éveillai, il était debout, tout habillé. Je vis aussitôt à ses yeux rouges qu'il n'avait pas beaucoup dormi ; j'allai même jusqu'à soupçonner qu'il avait passé une nuit blanche. Mais je ne posai aucune question.

A ma grande stupéfaction, il était tout disposé à parler au lieu de se retrancher dans une de ses humeurs taciturnes où l'on entendait tout au plus quelques bourdonnements hermétiques.

— Watson, dit-il sans préambule, il y a, à White-chapel, une taverne mal famée.

— Il n'y en a pas qu'une.

— Certes, mais celle dont je parle, *L'Ange et la Couronne*, fait pâlir les plaisirs les plus déchaînés que ce quartier nous offre. Elle est située au cœur du terrain de chasse de l'Eventreur et trois des prostituées assassinées ont été vues dans cet établissement peu de temps avant leur mort. J'ai décidé d'accorder une grande attention à *L'Ange et la Couronne*. Ce soir même, j'irai m'y livrer à quelques libations.

— Parfait, Holmes ! Si je peux m'en tenir à la bière...

— Pas vous, mon cher Watson. Je tremble encore à la pensée de vous avoir fait frôler la mort de si près.

— Écoutez, Holmes...

— Ma décision est prise, dit-il avec fermeté. Je n'ai pas l'intention d'annoncer à votre chère épouse, dès son retour, la pénible nouvelle que le cadavre de son mari est entreposé à la morgue.

— Je croyais m'en être bien tiré ! repartis-je avec emportement.

— Je suis loin de le contester. Sans vous, à l'heure actuelle, j'occuperais peut-être une des tables de l'établissement du Dr Murray. Mais ce n'est pas une raison pour que vous risquiez à nouveau votre vie. Puisque je serai absent toute la journée — car j'ai beaucoup à faire — vous pourriez en profiter pour vous occuper un peu de vos malades.

— Mes malades vont très bien, merci. J'ai passé un accord avec un remplaçant tout à fait compétent.

— Que diriez-vous alors d'un concert ou d'un livre ?

— Je suis parfaitement capable de m'occuper de choses constructives, dis-je d'un ton sec.

— Certes, certes, Watson. Il faut que je m'en aille. Surtout, ne m'attendez pas. Je promets de vous mettre au courant de tout, dès mon retour.

Là-dessus, il sortit précipitamment, me laissant bouillonner à une température presque aussi élevée que le thé de Mme Hudson.

Je ne pris pas aussitôt la résolution de braver Holmes ; mais je n'avais pas terminé le petit déjeuner qu'elle était fermement établie. Je passai la journée à lire une étrange monographie, découverte dans la bibliothèque de Holmes, sur la possibilité d'utiliser des abeilles à des fins criminelles en les amenant à contaminer leur miel et en les dressant à se porter, en essaim, à l'attaque d'une victime. L'ouvrage était anonyme, mais je reconnus le style concis de Holmes. Puis, à la nuit tombante, j'organisai mon incursion.

Je décidai de me rendre à la taverne de *L'Ange et la Couronne* déguisé en libertin, certain de ne pas me faire remarquer, car un grand nombre d'hommes du monde londoniens, particulièrement endurcis, étaient des habitués de ce genre de lieux. Je retournai donc chez moi à la hâte. Ayant couronné ma tenue de gala par un haut-de-forme et une cape, je m'examinai dans la glace et me trouvai plus de panache que je ne l'avais espéré. Après avoir glissé un revolver chargé dans ma poche, je sortis, hélai un fiacre et me fis conduire à la taverne.

Holmes n'était pas encore arrivé.

L'endroit était abominable. L'atmosphère de la longue salle au plafond bas était rendue irrespirable par les vapeurs âcres de plusieurs lampes à pétrole. Les fumées du tabac planaient sur la salle comme des nuées d'orage. Autour des tables grossières se pressait le ramassis d'humanité le plus disparate que j'eusse jamais vu. Des lascars en bordée, au visage malveillant, venus des navires de charge qui encombrent la Tamise, d'inscrutables Orientaux, des Suédois, des Africains, des Européens râpés, sans compter une grande variété de Britanniques indigènes — tous bien décidés à se régaler des potées de chair de la plus grande ville du monde.

Les potées de chair étaient des femmes de tous âges et de toutes conditions, d'une saveur douteuse. La plupart étaient dans un tel état de déchéance physique qu'elles en étaient pitoyables. Quelques-unes étaient jolies et c'étaient les plus jeunes qui venaient de s'engager sur la pente fatale.

C'est une de ces dernières qui m'aborda après que j'eus trouvé une table et commandé un bock de bière, alors que j'observais ce spectacle licencieux. C'était une belle petite, mais la dureté de son regard et de son comportement la marquait d'un sceau indélébile.

— 'Soir, chéri. On m'offre un gin ?

J'allais décliner cet honneur lorsqu'un garçon aux allures de brute qui se tenait auprès de nous cria :

— Un gin pour la dame !

Il se fraya aussitôt un chemin à travers la foule pour atteindre le comptoir. Il était sans doute rémunéré sur la base des consommations que les filles soutiraient à ceux qu'elles parvenaient à enjôler.

La fille se laissa tomber en face de moi sur une chaise et posa une main assez malpropre sur la mienne que je retirai sans tarder. Mon geste fit naître un sourire incertain sur ses lèvres peintes, mais elle me lança quand même, d'un ton cajoleur :

— Faut pas être timide comme ça, mon p'tit lapin.

— Je suis simplement passé boire une bière en vitesse, répondis-je.

L'aventure commençait à perdre de son attrait.

— Bien sûr, mon lapin. Tous les aristos passent simplement boire une bière en vitesse. Et puis ils s'aperçoivent, comme ça, par hasard, qu'on a aut' chose à leur vendre.

Le garçon revint, jeta littéralement le verre de gin sur la table et farfouilla dans les pièces de monnaie que j'y avais posées. J'étais persuadé qu'il en prenait quelques-unes de trop, mais je n'en fis pas une histoire.

— J'm'appelle Polly, chéri. Et toi ?

— Hawkins, répondis-je sans hésiter. Sam Hawkins.

— Ah ouais ? (Elle se mit à rire.) Eh ben ça change un peu de Smythe, en tout cas. Si j'te disais tous les Smythe qu'y a dans l'coin, t'en serais baba.

Je ne sais pas ce que j'allais répondre, mais j'en fus empêché, car une bagarre éclata dans un coin de la salle. Un marin au teint basané et aux allures de gorille poussa un rugissement de colère et renversa une table dans sa hâte d'en découdre avec un Chinois lilliputien. Il sembla un instant que l'Oriental allait se faire tuer par le marin qui avait vraiment l'air féroce.

C'est alors qu'un autre homme s'interposa. Il avait des sourcils broussailleux, un cou épais, des épaules et des bras robustes comme le chêne, bien qu'il ne fût pas aussi colossal que le marin furibond. Le défenseur inattendu de l'Oriental envoya son poing dans le plexus solaire du matelot qui, sous la brutalité du choc, se plia en deux en poussant un râle de douleur qui retentit dans toute la salle. Le nouveau venu s'attaqua derechef à l'hercule en le frappant à la mâchoire. La tête du matelot fut projetée en arrière; ses yeux devinrent vitreux et, comme il s'affaissait, son adversaire, prêt à le recevoir sur son épaule, le saisit comme un sac de farine. Dès qu'il eut mis en équilibre son fardeau, le vainqueur s'achemina tranquillement vers la porte, promenant le matelot évanoui comme s'il ne pesait pas plus lourd qu'un bambin. Il ouvrit la porte et jeta le titan dans la rue.

— C'est Max Klein, dit ma bonne amie d'un ton révérencieux. Fort comme un taureau qu'il est. Max vient d'acheter ici. Ça fait dans les quat' mois qu'il est propriétaire et il veut pas qu'les gars se fassent tuer chez lui.

Je n'étais pas indifférent aux exploits de Max Klein mais, à cet instant, mon attention fut attirée par autre chose. A peine la porte s'était-elle refermée sur le vol plané du marin qu'elle se rouvrit sous la poussée d'un nouveau client qu'il me sembla reconnaître. Je le scrutai dans la grisaille pour m'assurer que je ne me trompais point. Il n'y avait aucun doute : c'était bien Joseph Beck, le prêteur, qui se dirigeait vers une table. Je me dis qu'il ne faudrait pas oublier de signaler ce fait à Holmes et reportai mon attention sur Polly.

— J'ai une belle chambre, tu sais, chéri, fit-elle d'un ton aguichant.

— Je regrette, madame, mais cela ne m'intéresse pas, dis-je aussi aimablement que possible.

— Madame, qu'il m'appelle ! s'écria-t-elle avec indignation. Dis donc, papa, j'suis pas si vieille que ça. J'te garantis que j'suis plutôt jeunette. Et propre avec ça. Avec moi t'as rien à craindre.

— Tandis que vous, Polly, vous craignez certainement quelqu'un, dis-je en l'observant attentivement.

— Moi ? J'ai fait de mal à personne.

— Je parle de l'Eventreur.

Sa voix prit soudain une intonation geignarde.

— Tu dis ça pour m'faire peur. Eh bien, moi, j'ai pas peur.

Elle avala une grande lampée de gin en dardant ses regards tout autour de la salle. Ses yeux s'arrêtèrent sur un point situé derrière moi et je me rendis compte qu'ils s'y étaient posés pendant la majeure partie de notre entretien. Tournant la tête, j'aperçus l'être le plus immonde qu'on puisse imaginer.

Il était incroyablement sale ; il avait, sur une joue, une affreuse balafre qui lui tordait les lèvres en un perpétuel rictus. L'ecchymose qui ornait son œil gauche accentuait sa hideur. Je n'avais jamais vu pareille méchanceté sur un visage humain.

— L'Eventreur, il a tué Annie, chuchota Polly. Il l'a surinée tout plein partout... Même qu'Annie elle avait jamais fait d'mal à personne.

Je me retournai vers elle.

— Cette brute, là-bas, le balafré ?

— Comment qu'on peut savoir ? s'écria-t-elle. Pourquoi il faut qu'il fasse des trucs pareils ? A quoi ça rime de lui rentrer sa lame dans le ventre et puis d'aller découper un sein et tout ça ?

C'était lui.

Il m'est difficile d'expliquer la certitude absolue que je ressentis. Je me suis, dans le temps, adonné au jeu — un péché de jeunesse — et il y a des moments où l'on est envahi par un sentiment qui n'est pas fondé sur la raison. C'est un instinct, un sixième sens — appelez cela comme vous voudrez — qu'il est impossible d'ignorer.

C'est exactement ce que je ressentis à la vue du monstre qui se tenait derrière moi. Il avait le regard braqué sur la fille qui était à ma table et je voyais une bave répugnante à la commissure de ses lèvres tendues.

Mais que faire ?

— Polly, demandai-je doucement, avez-vous déjà vu cet homme ?

— Moi, mon lapin ? Jamais ! Il a vraiment l'air d'un sale type, hein ?

Puis, avec cette instabilité qui caractérise les femmes de petite vertu, Polly changea d'humeur. Son insouciance naturelle, réveillée peut-être par quelques gins de trop, réapparut. Elle leva son verre.

— A tes amours, mon bon monsieur. Tu veux pas de mon corps d'albâtre, eh bien, c'est la vie. Mais t'es un bon mec et j't'aime bien.

— Merci.

— Seulement faut bien gagner sa croûte alors je m'en vais. Une aut'fois, peut-être ?

— Peut-être.

Elle se leva et s'éloigna en tortillant des hanches. Je la regardai, pensant qu'elle allait aborder quelqu'un à une autre table. Mais elle n'en fit rien. Elle promena son regard sur la salle avant de se diriger rapidement vers la porte. Je me dis que n'ayant pas glané grand-chose, ce soir-là, à *L'Ange et la Couronne,* elle avait résolu de tenter sa chance dans la rue. A peine commençai-je à me sentir soulagé que l'ignoble créature qui était derrière moi bondit et se lança sur les pas de Polly. On peut imaginer l'angoisse qui m'étreignit. Je ne vis rien de mieux à faire que de me rassurer en palpant l'arme qui était dans ma poche avant de suivre l'individu dans la rue.

Je fus victime d'une cécité momentanée, le temps d'accoutumer ma vue à la pénombre après la lumière éclatante de la taverne. Quand j'eus retrouvé la vue, l'homme était encore là, Dieu merci. Il était presque au bout de la rue et continuait à avancer en rasant les murs.

J'étais maintenant certain de m'être embarqué sur une voie périlleuse. C'était l'Eventreur qui traquait la pauvre fille qui avait voulu me séduire et m'emmener chez elle et il n'y avait que moi pour m'interposer entre elle et une mort affreuse. J'étreignis mon revolver d'un geste convulsif.

Je suivis sur la pointe des pieds, tel un Peau-Rouge dans la Prairie américaine. L'individu tourna le coin et moi, craignant à la fois de le perdre et de le trouver, je pressai le pas.

J'atteignis, tout essoufflé, le coin de la rue et jetai un regard prudent devant moi. Il n'y avait qu'un réverbère et cela rendait l'examen des lieux deux fois plus malaisé. Je fatiguai en vain mes yeux : le gibier avait disparu.

L'angoisse m'envahit. Peut-être la brute avait-elle déjà traîné la pauvre fille dans une cour pour lui arracher la vie à coups de couteau. Si seulement j'avais pu penser à me munir d'un falot ! Comme je me précipitais dans la rue, seul le bruit de mes pas rompait le profond silence de la nuit.

Il y avait juste assez de lumière pour me permettre de voir que la rue allait en rétrécissant pour aboutir dans un passage où je plongeai, plus mort que vif, à l'idée de ce que je risquais d'y trouver.

J'entendis soudain un cri étouffé. J'avais buté contre un corps mou. Une voix terrorisée balbutia :

— Pitié ! J'vous en supplie, ayez pitié !

C'était Polly, tapie contre un mur dans le noir. Craignant que ses cris ne fassent fuir l'Eventreur, je plaquai ma main contre sa bouche en lui chuchotant à l'oreille :

— Ne vous en faites pas, Polly. Vous n'êtes pas en danger. Je suis le monsieur avec qui vous étiez assise. Je vous ai suivie...

Soudain, un poids énorme s'abattit sur moi et je reculai en trébuchant, dans la ruelle. Je n'avais pourtant pas perdu l'usage de mon cerveau. Le monstre plein de ruse avait déjoué mes intentions. Il s'était caché dans un coin sombre pour attendre que je sois passé. Puis, bondissant de rage à l'idée de perdre sa proie, il s'attaquait à moi comme une bête féroce.

Je répondis du tac au tac, luttant comme un forcené tout en m'efforçant de sortir le revolver de ma poche. J'aurais dû l'avoir à la main. Le peu de temps que j'avais passé dans l'Armée des Indes de Sa Majesté ne m'avait donné aucune pratique du corps à corps : je m'étais engagé comme chirurgien et non comme soldat.

Je n'étais donc pas de taille à me mesurer au monstre avec qui j'étais aux prises. Je tombai sous ses coups, constatant avec satisfaction que la fille s'était enfuie. Deux mains puissantes m'étreignirent la gorge et je tentai désespérément de les repousser de mon bras libre tandis que de l'autre j'essayais encore de sortir mon revolver.

Quelle ne fut pas ma stupéfaction en entendant une voix familière grogner :

— Voyons donc quel gibier nous avons dépisté !

Je compris mon erreur avant que ne jaillît la lumière d'une lanterne sourde. L'être répugnant qui était assis, derrière moi, dans la taverne, n'était autre que Holmes déguisé !

— Watson ! s'écria-t-il, aussi abasourdi que moi.

— Holmes ! Mon Dieu, cher ami, si j'étais parvenu à sortir mon revolver, j'aurais pu vous tuer !

— Que ne l'avez-vous fait ! grommela-t-il. Watson, je ne suis qu'un âne.

Il se releva avec agilité et me prit la main pour m'aider à me mettre debout. J'avais beau savoir que c'était Holmes, le déguisement était si parfait, la transformation si radicale, que je n'en revenais pas.

Nous fûmes empêchés de récriminer plus avant car un cri déchira la nuit. Holmes me tirait le bras pour me redresser ; il me lâcha aussitôt et je retombai à terre. Un juron jaillit de ses lèvres — ce fut une des rares fois où je l'entendis proférer un blasphème.

— Je me suis fait rouler ! s'écria-t-il en s'élançant dans le noir.

Comme je me relevais tant bien que mal, les cris de femme — des cris d'horreur et de souffrance — s'amplifièrent. Ils cessèrent brutalement et un bruit de pas précipités vint s'ajouter à ceux de Holmes.

Je dois avouer que, dans cette affaire, je fis triste figure. J'avais été, jadis, champion de boxe, poids moyen de mon régiment, mais cela remontait à loin et je dus m'appuyer contre le mur de brique pour tenter de combattre la nausée et le vertige. A cet instant, j'eusse été incapable de répondre à l'appel de Sa Gracieuse Majesté la Reine, si elle avait hurlé au secours.

Le vertige m'abandonna; le monde reprit son apparence normale. Tout chancelant, je repartis comme j'étais venu, à tâtons, dans le silence lourd de menaces qui s'était abattu sur la rue. J'avais parcouru quelque deux cents mètres, lorsqu'une voix calme m'arrêta.

— Ici, Watson.

Je pivotai à gauche et découvris une brèche dans le mur.

La voix de Holmes me parvint à nouveau.

— J'ai laissé échapper ma lanterne. Pourriez-vous essayer de la retrouver, Watson?

Le calme de sa voix me glaça le sang car je savais qu'il masquait une lutte intérieure déchirante. Je connaissais bien Holmes: il était profondément ébranlé.

Par bonheur, je n'eus aucun mal à trouver la lanterne. Je fis un seul pas et la heurtai du pied. Je la rallumai et reculai à la vue d'un des spectacles les plus atroces qu'il m'eût été donné de contempler.

Holmes était à genoux, prostré, la tête basse, l'image même du désespoir.

— J'ai échoué, Watson. Je devrais être traîné en justice pour ma stupidité criminelle.

Je l'entendis à peine tant j'étais atterré par le spectacle sanglant qui s'offrait à mes yeux. Jack l'Eventreur avait déchargé sa folie obscène sur la malheureuse Polly. Il lui avait arraché une partie de ses vêtements, la laissant à moitié nue. Il lui avait déchiqueté le ventre d'un grand coup de couteau et les entrailles lacérées étaient exposées comme celles d'une bête d'abattoir. Un deuxième coup sauvage lui avait presque tranché le sein gauche. Ma vue se brouillait devant l'atrocité de la scène.

— Mais il a eu si peu de temps! Comment...?

A cet instant, Holmes ressuscita; il se leva d'un bond en criant:

— Venez, Watson ! Suivez-moi !

Il se rua si brutalement dans la rue que je restai en plan dans la cour. Je fis appel aux réserves d'énergie que tout homme se découvre dans les moments critiques et courus, tant bien que mal, sur ses talons. Il me devança nettement pendant tout le trajet, mais je ne le perdis pas de vue et quand je finis par le rejoindre, il martelait la porte de la boutique de Joseph Beck à grands coups de poing.

— Beck ! hurlait-il. Ouvrez ! Je vous somme d'ouvrir sur-le-champ ! (Il continuait à marteler la porte.) Si vous n'ouvrez pas, je vais défoncer votre porte !

Un rectangle de lumière apparut à l'étage. Une fenêtre s'ouvrit et une tête se pencha. Joseph Beck s'écria :

— Vous êtes fou ? Qui êtes-vous ?

La lampe qu'il tenait à la main nous révéla un bonnet de nuit à houppe rouge et une chemise de nuit à col montant.

Holmes recula, leva la tête et lui hurla :

— Monsieur, je suis Sherlock Holmes et si vous ne descendez pas immédiatement, je vais escalader ce mur et vous traîner dehors par les cheveux.

Beck était terrorisé, ce qui n'avait rien d'étonnant. Holmes était encore déguisé. Etre arraché au sommeil pour trouver une silhouette monstrueuse s'acharnant contre sa porte n'était certes pas une expérience à laquelle la vie de commerçant avait habitué le prêteur.

Je jugeai bon d'intervenir.

— *Herr* Beck ! Vous vous souvenez de moi, n'est-ce pas ?

Il baissa sur moi un regard stupéfait.

— Vous êtes un des deux messieurs... ?

— Et, en dépit de son apparence, voici l'autre, M. Sherlock Holmes, je vous le certifie.

Le prêteur hésita et dit enfin :

— Très bien. Je vais descendre.

Holmes arpenta la rue avec impatience jusqu'à ce que la lumière envahît la boutique dont la porte s'ouvrit.

— Sortez, Beck ! ordonna Holmes d'une voix menaçante.

L'Allemand obéit avec crainte. La main puissante de mon ami se détendit ; Beck tenta un mouvement de recul, mais sa réaction fut trop lente. Holmes avait déchiré le devant de la chemise de nuit, découvrant la poitrine nue et rougie par le froid.

— Que faites-vous, monsieur ? chevrota le commerçant. Je ne comprends pas.

— Silence ! fit Holmes d'un ton sec. (A la lumière de la lampe de Beck, il examina très soigneusement la poitrine du prêteur qui avait la chair de poule.) Où êtes-vous allé, Joseph Beck, après avoir quitté *L'Ange et la Couronne* ? demanda-t-il en relâchant sa prise.

— Où je suis allé ? Mais je suis rentré me coucher !

Rassuré par le ton plus aimable de Holmes, Beck se montrait hostile.

— Oui, dit Holmes d'un air songeur, c'est ce qu'il semble. Retournez vous coucher, monsieur. Si je vous ai fait peur, pardonnez-moi.

Là-dessus, Holmes tourna brusquement les talons et je le suivis. En arrivant au coin de la rue, je me retournai pour voir *Herr* Beck toujours debout devant sa boutique. Il tenait la lampe bien au-dessus de sa tête et ressemblait à s'y méprendre à une caricature en chemise de nuit de la noble statue de « la Liberté éclairant le Monde » offerte aux Etats-Unis par le peuple français — ce bronze creux et colossal qui est maintenant placé dans le port de New York.

Nous retournâmes sur les lieux du carnage où le cadavre de la pauvre Polly avait déjà été découvert. Une foule de gens attirés par une curiosité morbide encombrait l'entrée de la rue, tandis que les lanternes des services officiels illuminaient les lieux du crime.

Holmes, les poings dans les poches, contempla le spectacle d'un air sombre.

— Inutile de nous faire connaître, Watson, grommela-t-il. Cela ne servirait qu'à nous plonger dans une conversation superflue avec Lestrade.

Je n'étais pas surpris que Holmes préférât ne point révéler notre participation à cette horrible affaire. Ce n'était pas seulement parce qu'il avait ses méthodes de travail; ce soir-là, son amour-propre était en jeu et il avait reçu une terrible blessure.

— Filons, Watson, dit-il avec amertume. C'est tout ce qu'il nous reste à faire, sinistres crétins que nous sommes.

7

Le tueur de cochons

— Ce que vous n'avez pas su voir, Watson, c'est la silhouette de Joseph Beck, drapé dans sa cape, qui quittait la taverne au moment où la fille manifestait l'intention d'aller ailleurs. Vous n'aviez d'yeux que pour moi.

Il m'était tristement évident que le coupable c'était moi, non pas Holmes, pourtant il n'en paraissait rien dans sa façon de parler. Je tentai de faire la part des responsabilités, mais il coupa court à mes excuses.

— Non, non, dit-il. C'est moi qui ai eu la bêtise de laisser le monstre nous filer entre les doigts. Ce n'est pas vous.

Menton posé sur la poitrine, Holmes poursuivit :

— Lorsque je suis sorti de la taverne, la fille disparaissait au coin de la rue. Il n'y avait aucune trace de Beck et cela voulait dire soit qu'il était parti dans la direction opposée, soit qu'il était tapi dans l'ombre d'une porte. J'ai opté pour la deuxième possibilité. Ayant décidé de suivre la fille, j'ai entendu des pas qui se rapprochaient et entrevu la silhouette d'un homme vêtu d'une cape qui tournait le coin à son tour. A mille lieues d'imaginer que c'était vous — je crains, mon cher Watson, que votre silhouette et celle de Beck ne soient pas très différentes —, j'ai pris le rôdeur pour notre prêteur sur gages. Je me suis donc caché et vous êtes passé devant moi. Lorsque j'ai entendu des cris, je me suis imaginé que j'avais réussi à traquer l'Eventreur. Alors, j'ai attaqué et découvert mon erreur impardonnable.

Nous venions de prendre le petit déjeuner et Holmes arpentait l'appartement de Baker Street avec rage. Mon regard le suivait tristement. J'aurais voulu pouvoir effacer tout cet incident, non seulement pour la pauvre Polly, mais pour la tranquillité d'esprit de mon ami.

— Et puis, reprit Holmes avec hargne, tandis que nous nous préoccupions de nos méprises, l'Eventreur a frappé. Quelle arrogance chez ce monstre ! s'écria-t-il. Avec quel mépris, quel terrible sang-froid il commet ses forfaits ! Croyez-moi, Watson, je démasquerai ce suppôt de Satan, fût-ce la dernière chose que je fasse de ma vie.

— Il semblerait, dis-je pour tenter d'écarter les idées noires de mon ami, que Joseph Beck soit innocenté, au moins en ce qui concerne le meurtre de la nuit dernière.

— C'est exact. Il lui était matériellement impossible de rentrer chez lui, de faire disparaître les traces de sang, de se déshabiller et se mettre en chemise de nuit, avant notre arrivée. (Holmes prit sa pipe en merisier, puis la laissa tomber avec dégoût.) Watson, dit-il, le seul résultat que nous ayons atteint la nuit dernière est d'éliminer un suspect sur des millions de Londoniens. A ce train-là, nous avons des chances de repérer notre proie dans le courant du siècle prochain !

Je me trouvai à court de repartie. Mais soudain Holmes redressa ses maigres épaules et braqua sur moi son regard d'acier.

— Cessons de nous lamenter, Watson ! Nous allons imiter le Phénix. Allez vous habiller. Nous irons rendre, encore une fois, visite à la morgue du Dr Murray.

Une heure plus tard, nous étions dans Montague Street, devant l'entrée de ce sinistre établissement. Holmes balaya du regard la rue misérable.

— Watson, dit-il, je voudrais avoir une idée plus précise de ce quartier. Pendant que je pénètre en ces lieux, vous seriez bien aimable de reconnaître les environs immédiats.

Soucieux de réparer le gâchis de la veille, j'acquiesçai aussitôt.

— Lorsque vous aurez terminé, vous me trouverez sans doute au foyer.

La porte de la morgue se referma sur lui.

Il n'y avait, dans Montague Street, aucune maison de commerce ordinaire. Tout au bout de la rue, se dressait une rangée d'entrepôts apparemment déserts, aux portes cadenassées.

Mais, en tournant le coin, je découvris un spectacle plus animé. Près de l'étalage d'un marchand de légumes, une ménagère chicanait sur le prix d'un chou. Un marchand de tabac tenait la boutique voisine. Puis il y avait un estaminet assez louche, dont l'enseigne représentait un fiacre dégradé par les intempéries.

Mon attention fut bientôt attirée par un portail ouvert, à l'entrée de la rue, dont émanaient des cris suraigus. On aurait dit qu'un bataillon de porcs se faisaient égorger. C'était d'ailleurs le cas. Je franchis la voûte antique pour déboucher dans une cour qui servait d'abattoir. Quatre porcs maigres, encore vivants, étaient parqués dans un coin. Le boucher, un jeune gaillard musclé en tablier de cuir ensanglanté, était occupé à en traîner un cinquième vers le pendoir. Il souleva l'animal sans aucun ménagement pour le suspendre au crochet par les pattes de derrière. Quand il tira sur la corde, on entendit le gémissement d'une poulie rouillée. Il fit un nœud rapide et le porc se mit à gigoter et à hurler comme s'il savait ce qui l'attendait.

Je regardai avec dégoût le garçon boucher qui s'emparait d'un long couteau et le plongeait, sans sourciller, dans la gorge du porc. Les hurlements se changèrent en gargouillis et le gaillard recula pour éviter le sang noir qui giclait. Puis il s'avança, avec insouciance, dans la mare de sang et fit une large entaille dans la gorge du porc. Enfin, le couteau fendit la bête des joues jusqu'à la queue.

Pourtant, ce n'est pas la scène de boucherie qui me fit détourner les yeux. Mon regard fut attiré par quelque chose qui me parut bien plus atroce : le spectacle de l'idiot, celui-là même en qui Sherlock Holmes et son frère Mycroft avaient reconnu Michael Osbourne, qui était accroupi dans un coin de l'abattoir, inconscient de tout en dehors du travail du boucher dont les gestes semblaient le fasciner. Il repaissait ses yeux de la carcasse ensanglantée, d'une façon que je ne peux qualifier autrement que d'obscène.

La première partie de son travail achevée, le garçon boucher recula et m'adressa un sourire.

— Vous voulez un morceau de porc, patron ?

— Non, merci, je passais...

— Et vous avez entendu les hurlements. Vous êtes pas d'ici, patron, autrement vous vous seriez pas dérangé. Les voisins sont habitués à ce boucan. (Il se tourna, d'un air jovial, vers Michael Osbourne.) Pas vrai, crétin ?

Le pauvre d'esprit hocha la tête en souriant.

— Le crétin est tout seul à me t'nir compagnie. Sans lui, le temps serait bougrement long.

— Votre travail n'est pas effectué dans des conditions très hygiéniques, dis-je d'un ton écœuré.

— Hy-gié-niques ! dit-il en s'esclaffant. Patron, les gens du coin ont autre chose à faire que de jouer les dégoûtés parce que leur porc est un tantinet poussiéreux. C'est le cadet de leurs soucis ! (Il me fit un clin d'œil.) Surtout les mémères. Elles ont assez à faire, la nuit, pour rester en un seul morceau.

— C'est à l'Eventreur que vous faites allusion ?

— Et comment, patron. C'est qu'il fiche la frousse aux drôlesses, pour l'heure.

— Vous connaissiez la fille qui a été assassinée hier soir ?

— Ouais, même que je lui ai r'filé une demi-couronne pas plus tard que l'aut'soir pour un p'tit coup rapide. Pauv'petite grue, elle avait pas pour payer son loyer et moi, je suis bon gars, j'aime pas voir une drôlesse faire l'poireau dans l'brouillard parce qu'elle sait pas où dormir.

Je ne sais quel instinct me poussa à prolonger une conversation aussi peu relevée.

— Avez-vous une idée de l'identité de l'Eventreur ?

— Vous en avez de bonnes, patron ! Pourquoi ce serait pas vous, milord ? Vous avouerez que ça peut être qu'un aristo, pas vrai ?

— Pourquoi dites-vous cela ?

— Ben, y a qu'une façon de voir les choses. Moi, le sang, j'connais ça, c'est mon métier, j'y suis comme qui dirait à l'aise, alors faut ben que j'voie ça comme ça, pas vrai ?

— Je ne vois pas où vous voulez en venir.

— Enfin, patron ! Y a qu'à voir comment qu'il les découpe, il doit s'en mettre partout, pas possible autrement. Mais personne a jamais vu un gars plein d'sang cavaler après un d'ces meurtres, que je sache ?

— Pas à ma connaissance, dis-je, assez surpris.

— Et pourquoi donc, patron ? Parce qu'un aristo qui porte une cape sur ses frusques il peut couvrir le sang qu'a rejailli, hein ? Ben, faut que j'retourne à mon cochon.

Je quittai sans regret la puanteur et le sang qui emplissaient les lieux, mais j'emportai avec moi l'image de Michael Osbourne, accroupi dans son coin, l'œil humide, bavant sur le porc éventré. Quoi que Holmes ait pu dire, l'épave difforme restait pour moi le principal suspect. Je contournai la place et entrai dans la morgue par la porte de Montague Street sans pouvoir oublier ce que je venais de voir. Traversant en deux pas le court espace qui m'en séparait, je m'approchai de la table surélevée que l'on réservait aux hôtes involontaires. Une silhouette drapée de blanc s'y trouvait. Je la contemplai quelques instants, puis, pris de pitié, je découvris le visage. Polly avait fini de souffrir et ses traits marmoréens reflétaient son acceptation de quoi qu'elle eût pu trouver dans l'au-delà. Je ne suis pas, je crois, un sentimental, mais j'estime qu'il y a dans la mort une certaine dignité, quelle que soit la manière dont elle survient. Je ne suis pas, non plus, profondément croyant, pourtant je murmurai une courte prière pour le salut de l'âme de cette malheureuse enfant. Puis, je m'en allai.

Je trouvai Holmes dans le réfectoire du foyer, en compagnie de lord Carfax et de miss Sally Young. Cette dernière m'accueillit avec un sourire.

— Docteur Watson, dit-elle, puis-je aller vous chercher une tasse de thé ?

Je refusai avec force remerciements et Holmes déclara d'un ton coupant :

— Vous tombez bien, Watson. Lord Carfax s'apprêtait à nous donner quelques renseignements. (Celui-ci n'avait pas l'air très convaincu.) Vous pouvez parler en toute confiance devant mon collègue, milord.

— Très bien. J'étais sur le point de vous dire, monsieur Holmes, que Michael avait quitté Londres pour se rendre à Paris, il y a près de deux ans.

Je m'attendais à ce qu'il mène une existence dépravée dans la ville la plus dépravée du monde, mais je m'efforçai, néanmoins, de rester en contact avec lui. Je fus à la fois heureux et surpris d'apprendre qu'il s'était inscrit à la Sorbonne pour y suivre des cours de médecine. Nous nous écrivions régulièrement et j'envisageais son avenir avec optimisme. Il semblait avoir tourné la page. (Lord Carfax baissa alors les yeux et une grande tristesse envahit son visage expressif.) Soudain, ce fut le désastre. J'appris avec stupeur que Michael avait épousé une fille des rues.

— La connaissez-vous, milord ?

— Certainement pas, monsieur Holmes ! J'avoue franchement que je n'avais pas le courage de me trouver face à face avec elle. Pourtant, je ne l'en aurais pas moins affrontée si l'occasion s'en était présentée.

— Comment donc saviez-vous qu'il s'agissait d'une prostituée ? Je doute que votre frère ait fait état de ce détail lorsqu'il vous a mis au courant de son mariage.

— Ce n'est pas lui qui m'a mis au courant. Je l'ai appris par un étudiant de ses amis que je ne connaissais pas, mais dont la lettre témoignait d'un grand souci du bonheur de Michael. Ce jeune homme m'informait de la profession d'Angela Osbourne et me disait que, si j'avais à cœur l'avenir de mon frère, il fallait que je vienne à Paris sur-le-champ pour tenter de remédier à sa situation avant qu'elle ne soit irrémédiablement compromise.

— Avez-vous porté cette lettre à la connaissance de votre père ?

— Certainement pas ! se récria lord Carfax. Mais mon correspondant, hélas ! s'en était chargé. Il avait envoyé deux lettres, craignant, sans doute, que l'une ne restât sans réponse.

— Quelle a été la réaction de votre père ?

— Cette question n'est-elle pas superflue, monsieur Holmes ?

— Le duc n'a-t-il pas réservé son jugement jusqu'à ce qu'il ait obtenu des preuves ?

— Absolument pas. La sincérité de la lettre était trop évidente et je n'en ai pas douté, moi-même, un seul instant. Quant à mon père, il y trouvait la confirmation éclatante de ce qu'il avait toujours pensé de Michael. (Lord Carfax s'interrompit, l'air consterné.) Je n'oublierai jamais le jour du désaveu. Craignant que mon père n'ait également reçu une lettre, je me précipitai à sa résidence londonienne. Je le trouvai devant son chevalet ; lorsque j'entrai dans l'atelier, le modèle cacha sa nudité sous un voile, tandis que mon père posait son pinceau et m'examinait d'un air calme.

— "Richard, que faites-vous ici à une heure pareille ?" me dit-il.

» Voyant l'enveloppe fatidique, avec son timbre français, à côté de la palette, je la désignai du doigt.

— "Voilà ce qui m'amène, monsieur le duc. Je suppose qu'elle vient de Paris."

» Mon père prit l'enveloppe sans en sortir la lettre.

— "Vous avez raison, me dit-il. Mais elle n'est pas en harmonie avec son contenu. Elle aurait dû être encadrée de noir. — Je ne vous comprends pas", répondis-je. Il reposa la missive sans la moindre émotion. — "N'est-ce pas l'enveloppe qui accompagne les avis de décès ? En ce qui me concerne, Richard, cette lettre m'informe du trépas de Michael. Dans mon cœur, l'oraison funèbre a été prononcée, le corps de Michael est déjà enterré."

» Je fus bouleversé par ces paroles atroces, mais, sachant que toute discussion serait vaine, je m'en fus.

— Ne vous êtes-vous pas efforcé de joindre Michael ? demanda Holmes.

— Non, monsieur. Pour moi, il était au-delà du salut. Toutefois, deux mois plus tard, je reçus un billet anonyme, m'avertissant que je trouverais quelque chose d'intéressant si je rendais visite à ce foyer. Je le fis. Inutile de vous dire ce que j'y trouvai.

— Avez-vous gardé le billet, milord ?

— Non.

— Dommage.

Lord Carfax semblait lutter contre une réticence naturelle. A la fin, il n'y tint plus.

— Monsieur Holmes, s'écria-t-il, je ne puis vous dire à quel point je fus ébranlé en trouvant Michael dans l'état où il est, après avoir subi une attaque si féroce qu'il est devenu tel que vous l'avez vu... une créature difforme qui ne possède plus qu'une infime parcelle de raison.

— Puis-je vous demander ce que vous avez fait ?

Lord Carfax haussa les épaules.

— J'ai pensé que le foyer serait pour lui un abri comme un autre. Cela réglait en tout cas une partie du problème.

Muette de stupéfaction, miss Sally Young n'avait pas bougé de sa chaise et ses yeux n'avaient pas quitté le visage de lord Carfax. Celui-ci s'en aperçut. Avec un sourire douloureux, il lui dit :

— J'espère que vous me pardonnerez, chère enfant, d'avoir attendu si longtemps pour vous mettre au courant des faits. Cela me semblait inutile — je dirais même imprudent. Je voulais que Michael reste ici ; de plus, je confesse que je ne tenais pas tellement à révéler son identité à vous ou à votre oncle.

— Je comprends, dit la jeune fille d'une voix grave. Vous étiez en droit de garder votre secret, milord, ne serait-ce qu'en vertu de l'aide si généreuse que vous avez apportée au foyer.

Le gentilhomme eut l'air embarrassé.

— J'aurais, de toute façon, contribué à l'entretien du foyer, mon enfant. Cependant, je ne vous cacherai pas que la présence de Michael ici a rehaussé mon intérêt. J'ai donc été animé d'un élan aussi égoïste que charitable.

Tout au long du récit, Holmes n'avait cessé d'étudier lord Carfax avec attention.

— Vous n'avez pas entrepris d'autres démarches en faveur de votre frère ?

— J'en ai fait une, répondit lord Carfax. Je me suis mis en rapport avec la police parisienne et avec Scotland Yard pour leur demander s'ils avaient, dans leurs dossiers, le procès-verbal d'une attaque correspondant à celle dont Michael avait été victime. Ils n'ont rien trouvé de tel.

— Et vous en êtes resté là ?

— Oui ! s'écria le gentilhomme excédé. Pourquoi pas ?

— Les coupables auraient pu être traînés devant la justice.

— Et de quelle façon ? Michael avait, à tout jamais, perdu la raison. Je doute fort qu'il eût été capable de reconnaître ses agresseurs. D'ailleurs, son témoignage dans un procès pénal aurait été sans valeur.

— Je vois, dit Holmes avec gravité. (Je sentis qu'il était loin d'être satisfait.) Et qu'avez-vous fait à propos de sa femme, Angela Osbourne ?

— Je ne l'ai pas trouvée.

— N'avez-vous pas pensé qu'elle pouvait être l'auteur du billet anonyme ?

— Cela m'a paru vraisemblable.

Holmes se leva.

— Je tiens à vous remercier, milord, d'avoir été aussi sincère dans des circonstances aussi pénibles.

Lord Carfax esquissa un pauvre sourire.

— C'est bien parce que je n'avais pas le choix, monsieur. Je suis persuadé que vous auriez puisé ces renseignements à d'autres sources. Maintenant, vous pourrez peut-être laisser les choses en rester là.

— Je regrette, mais je ne peux pas.

Le visage de lord Carfax se contracta.

— Je vous donne ma parole d'honneur, monsieur, que Michael n'a rien à voir avec les meurtres horribles qui ont bouleversé Londres !

— Vos paroles me rassurent, répondit Holmes, et je vous promets, milord, de faire l'impossible pour vous épargner de nouvelles souffrances.

Lord Carfax s'inclina sans prononcer un mot.

Nous prîmes congé. En quittant le foyer, je ne pouvais chasser de mon esprit l'image de Michael Osbourne, accroupi dans un coin de l'abattoir crasseux, fasciné par le sang.

Le « nègre » d'Ellery
fait son rapport

Grant Ames III gisait, exténué, sur le divan d'Ellery, un verre posé en équilibre sur sa poitrine.

— Je suis parti tout feu tout flammes, je reviens complètement éteint.

— Après seulement deux interviews ?

— Une réception, c'est supportable ; on peut toujours se planquer derrière une corbeille de fleurs. Mais seul, coincé entre quatre murs...

Ellery, toujours en pyjama, se prosternait devant sa machine à écrire en grattouillant son début de barbe. Il tapa quatre mots et s'en tint là.

— Les interviews n'ont pas porté de fruits ?

— Deux pleins vergers, un dans les tons vert pomme, l'autre dans la gamme fruits secs. Avec le prix de vente collé sur la marchandise.

— Le mariage serait peut-être ton salut.

L'oisif frissonna.

— Si le masochisme fait partie de tes vices, on pourra en parler, mais plus tard, quand j'aurai fini de récupérer.

— Tu es sûr que l'une ou l'autre n'a pas mis le *Journal* dans ta voiture ?

— Madge Short se figure que Sherlock Holmes est une nouvelle création des grands couturiers. Quant à la petite Lambert, Gigi, elle est plutôt gironde, à condition de lui couper la tête... Elle est artiste peintre. Elle a aménagé un grenier à Greenwich Village. Elle y croit dur comme fer. Elle a tellement de ressort qu'on a toujours peur de prendre un boudin dans la poire.

— Elles t'ont peut-être fait marcher, dit Ellery sans ménagement. On doit aisément te duper.

— J'ai pris mes précautions, fit Grant d'un air digne. J'ai posé des questions subtiles, profondes, pénétrantes...

— De quel genre ?

— Du genre : « Gigi, c'est vous qui avez déposé un manuscrit adressé à Ellery Queen sur le siège de ma voiture, l'autre jour, chez Lita ? »

— Réponse ?

Grant haussa les épaules.

— Une contre-attaque : « Qui c'est ça, Ellery Queen ? »

— Est-ce que j'ai déjà pensé à te demander de partir ?

— Ne nous fâchons pas, mon ami. (Grant se rinça copieusement le gosier.) Je n'ai pas vraiment fait chou blanc. Juste coupé le chou en deux. Je vais poursuivre vaillamment mon enquête. Au-delà du Bronx, il y a New Rochelle.

— Où habite... ?

— Rachel Hager. En troisième place sur ma liste. Et puis il y a encore Pagan Kelly, une louloutte de Bennington qui participe à toutes les manifestations en faveur de toutes les inepties.

— Deux suspectes, dit Ellery. Ne te rue pas à l'attaque. Mets-toi d'abord au vert pour mûrir ton projet.

— Tu voudrais que je fainéante ?

— N'est-ce pas ce que tu réussis le mieux ? Mais pas chez moi. J'ai mon roman à terminer.

— Tu as fini la lecture du *Journal* ? demanda le play-boy sans broncher.

— Mon suspense à moi me suffit.

— Tu es arrivé assez loin pour repérer le tueur ?

— Fils, répondit Ellery, j'ai pas encore repéré le tueur dans ma propre histoire.

— Alors, je te laisse travailler. Dis donc, et si on ne trouvait pas qui t'a envoyé le manuscrit ?

— Je ne crois pas que j'en mourrais.

— Et ta réputation, c'est du vent ? demanda le perfide jeune homme en vidant les lieux.

Le cerveau d'Ellery était aussi ballant qu'une jambe endormie. Les touches de la machine disparaissaient dans le lointain. Des idées vagabondes se faufilaient, en douce, dans le vide... Papa et les Bermudes... Les ventes de son dernier bouquin...

Il n'avait pas besoin de se demander qui lui avait transmis le manuscrit via les bons offices de Grant Ames III ; il connaissait la réponse. Alors, tout naturellement, il en vint à s'interroger sur l'identité du visiteur parisien que reçut Sherlock Holmes (il avait triché en regardant le titre du chapitre suivant).

Après avoir livré — et perdu — une courte bataille, il entra dans sa chambre. Il cueillit le *Journal* du Dr Watson là où il l'avait semé sur le plancher, puis il s'étendit sur le lit pour en continuer la lecture.

8

Un visiteur parisien

Les jours suivants furent extrêmement pénibles. Depuis le temps que je connaissais Holmes, je ne l'avais jamais vu aussi agité et difficile à vivre.

Après notre entrevue avec lord Carfax, Holmes ne m'adressa plus la parole. Tous mes efforts pour amorcer la conversation furent ignorés. Puis je me rendis compte que j'avais pris, dans cette affaire, une part bien plus active que lors des autres enquêtes. Etant donné le chaos que j'avais largement contribué à créer, le châtiment n'était que juste. Je me retranchai dans mon rôle d'observateur et attendis la suite des événements.

Elle fut longue à venir. A l'instar de l'Eventreur, Holmes était devenu un animal nocturne. Il disparaissait, chaque nuit, de Baker Street, pour revenir à l'aube et passait la journée en méditations silencieuses et sombres. Je restais dans ma chambre, sachant qu'en de tels moments il avait un besoin absolu de solitude. Les plaintes de son violon me parvenaient de temps en temps. Quand je ne pouvais plus supporter ses grincements, j'allais me réfugier dans le joyeux tintamarre de la rue.

Au matin du troisième jour, il revint en piteux état.

— Au nom du ciel, Holmes ! m'écriai-je. Que vous est-il donc arrivé ?

Il avait une vilaine ecchymose sous la tempe droite. La manche gauche de sa veste avait été arrachée et l'entaille qu'il avait au poignet avait dû saigner abondamment. Il marchait en boitant et il était aussi barbouillé que les gamins des rues qu'il envoyait si souvent en mission.

— Une altercation dans l'ombre d'une impasse, Watson.

— Il faut soigner tout de suite ces blessures !

Je me précipitai dans ma chambre pour y prendre ma trousse. Quand je revins, il me montra calmement les articulations ensanglantées de sa main droite.

— J'ai voulu débusquer l'ennemi, Watson, et j'y ai réussi. (Ayant fait asseoir Holmes dans un fauteuil, j'entrepris de l'examiner.) J'ai réussi, mais j'ai échoué.

— Vous prenez vraiment trop de risques.

— Les cogneurs — ils étaient deux — ont gobé l'appât.

— Ceux-là mêmes qui nous avaient attaqués ?

— Oui. J'allais leur faire rendre gorge, mais mon revolver s'est enrayé... malédiction !... et ils ont pris le large.

— Je vous en prie, Holmes, détendez-vous. Laissez-vous aller en arrière et fermez les yeux. Je devrais peut-être vous donner un calmant.

Il eut un geste d'impatience.

— Ces égratignures n'ont aucune importance. Ce qui me navre, c'est mon échec. Voir reculer le but quand j'en étais si près ! Si j'avais pu mettre la main sur une de ces canailles, je vous garantis que je lui aurais fait dire le nom de son employeur.

— Croyez-vous que ces brutes soient responsables de toutes ces boucheries ?

— Pas le moins du monde! Ce sont deux cogneurs sains et francs, comparés au monstre de dépravation que nous recherchons. (Holmes frémit.) Un tigre assoiffé de sang, Watson, lâché dans la jungle de Londres.

Un nom redouté me vint à l'esprit.

— Le Pr Moriarty ?

— Moriarty n'a rien à voir là-dedans. Je sais où il est et ce qu'il fait. Il est occupé ailleurs. Non, ce n'est pas le professeur. Cela ne peut être qu'un homme entre quatre.

— Quels sont ces quatre hommes ?

Holmes haussa les épaules.

— Quelle importance du moment que je suis incapable de lui mettre la main dessus ?

Il commençait à ressentir les effets de la fatigue. Il s'appuya au dossier du fauteuil et, les yeux lourds, contempla le plafond. Cependant l'épuisement, purement physique, n'avait pas entamé ses facultés mentales.

— Ce « tigre » dont vous parlez, lui dis-je, que gagne-t-il à ne s'en prendre qu'à de pauvres prostituées ?

— L'affaire est infiniment plus complexe, Watson. Il y a plusieurs voies obscures qui s'enchevêtrent, dans ce dédale.

— L'idiot répugnant du foyer, grommelai-je.

Holmes eut un rire sans joie.

— Je crains, mon cher Watson, que vous ne fassiez fausse route.

— Je me refuse à croire que Michael Osbourne est étranger à cette affaire !

— Etranger, non, mais...

Il ne termina pas sa phrase, car la sonnette d'en bas avait retenti. Presque aussitôt nous entendîmes Mme Hudson ouvrir la porte.

— J'attendais un visiteur, dit Holmes. Il est à l'heure. Restez donc, Watson. Ma veste, s'il vous plaît. Il ne faut pas que j'aie l'air d'un ivrogne venu se faire soigner après une bagarre de rue.

A peine avait-il enfilé sa veste et allumé sa pipe que Mme Hudson faisait entrer un bel et grand garçon blond. Je lui donnai environ trente-cinq ans. C'était, sans aucun doute, un homme bien élevé car, s'il eut pour Holmes un regard stupéfait, il ne fit aucun commentaire sur son aspect meurtri.

— Ah ! dit Holmes, monsieur Timothy Wentworth, sans doute. Vous êtes le bienvenu, monsieur. Asseyez-vous donc près du feu. L'air est humide et froid, ce matin. Je vous présente mon collègue, le Dr Watson.

M. Timothy Wentworth s'inclina avant de prendre place dans le fauteuil que lui offrait Holmes.

— Votre nom est célèbre, monsieur, dit-il, tout comme celui du Dr Watson. Je suis très honoré de faire votre connaissance. Mon emploi du temps, à Paris, est extrêmement chargé et, si je me suis arraché à mes occupations, c'est au nom de l'amitié que je porte à Michael Osbourne. Sa disparition subite de Paris m'a tout à fait déconcerté. Si je peux être utile, en quoi que ce soit, à Michael, cela compensera amplement les inconvénients de cette traversée de la Manche.

— Votre loyauté vous honore, dit Holmes. Peut-être pourrions-nous nous éclairer mutuellement, monsieur Wentworth. Si vous voulez bien nous dire ce que vous savez du séjour de Michael à Paris, je vous conterai la fin de l'histoire.

— Très volontiers. J'ai fait, il y a deux ans, la connaissance de Michael lorsque nous nous sommes inscrits ensemble à la Sorbonne. Je crois que j'étais attiré vers lui à cause de l'opposition de nos caractères. Personnellement, je suis assez réservé, mes amis prétendent même que je suis timide. Michael, au contraire, était doué d'un esprit fougueux, parfois gai, parfois presque violent lorsqu'il jugeait qu'on l'avait exploité. Il ne laissait jamais planer le moindre doute sur ses opinions en toutes choses ; toutefois, grâce à quelques concessions réciproques, nous nous entendions fort bien. Je gagnais beaucoup au contact de Michael.

— Et lui au vôtre, sans aucun doute, précisa Holmes. Mais dites-moi, qu'avez-vous appris de sa vie privée ?

— Nous ne nous cachions rien. J'ai très vite su qu'il était le second fils d'un noble britannique.

— Etait-il aigri par l'infériorité de sa situation de cadet ?

Timothy Wentworth fronça les sourcils en réfléchissant.

— Je ne peux vous répondre que par oui et non. Michael avait tendance à se livrer à des excès, à faire, si j'ose dire, des frasques. Son éducation et son milieu lui interdisaient une telle conduite et faisaient naître en lui un sentiment de culpabilité. Il lui fallait pallier cette culpabilité et il trouvait dans sa position de fils cadet un sujet de révolte, une justification de ses excès. (Notre jeune visiteur s'arrêta, fort embarrassé.) Je crois que je m'exprime mal.

— Au contraire, l'assura Holmes, vous vous exprimez avec une clarté remarquable. Puis-je conclure que Michael ne nourrissait aucun ressentiment envers son père ou son frère aîné ?

— Je suis persuadé qu'il n'en était rien. Mais je n'en comprends pas moins l'opinion contraire du duc de Shires. Je me représente le duc comme un homme orgueilleux, je dirais même hautain, entièrement préoccupé par l'honneur de son nom.

— Vous vous le représentez tout à fait tel qu'il est. Poursuivez, je vous prie.

— Eh bien, nous en arrivons aux rapports de Michael avec cette femme. (Le ton de Timothy Wentworth trahissait son aversion.) Michael l'a rencontrée dans je ne sais quel bouge de Pigalle. Il m'en a parlé le lendemain : mais je n'ai accordé aucune importance à ce que je prenais pour une passade. Je m'aperçois maintenant que c'est à partir de ce moment-là que Michael a commencé à délaisser notre amitié. Cela s'est passé lentement, si l'on évalue en jours et en heures, mais, en regardant en arrière, je me rends compte qu'il s'est écoulé fort peu de temps entre le moment où Michael m'a parlé de la rencontre et le matin où il a fait ses valises après m'avoir dit qu'il avait épousé cette femme.

Je lançai une remarque :

— Vous avez dû être surpris, monsieur.

— Surpris n'est pas le mot. J'étais muet de stupéfaction. Lorsque j'ai retrouvé la parole et que je lui ai fait des reproches, il m'a dit avec hargne de m'occuper de mes affaires et il est parti. (Je lus un profond regret dans les yeux bleus, pleins de franchise.) Cette scène a marqué la fin de notre amitié.

— Vous ne l'avez jamais revu ? murmura Holmes.

— J'ai essayé et j'ai d'ailleurs réussi à deux reprises. Les nouvelles de ce genre se répandent vite et, quelque temps après, Michael a été renvoyé de la Sorbonne. Lorsque je l'ai appris, j'ai tenu à le voir. Je l'ai trouvé dans une incroyable porcherie de la rive gauche. Il était seul, mais je suppose que sa femme y vivait avec lui. Il était à moitié ivre et me reçut avec hostilité — c'était un être très différent de celui que j'avais connu. Comme il n'était même pas question de lui parler, j'ai posé de l'argent sur la table et je suis parti. Quinze jours plus tard, je l'ai rencontré dans la rue, près de la Sorbonne, et cela m'a fendu le cœur. Il avait l'air d'une âme en peine revenue contempler, avec nostalgie, les occasions perdues. Il n'avait, cependant, rien perdu de son agressivité. Lorsque j'ai voulu l'aborder, il s'est montré hargneux, puis il s'est éclipsé.

— Je suppose donc que vous n'avez jamais aperçu sa femme ?

— Non, mais des bruits circulaient à son sujet. On chuchotait que cette femme avait un acolyte, un homme qu'elle fréquentait avant et après son mariage... Toutefois, je n'en ai jamais eu la certitude. (Il s'interrompit pour méditer sur le destin tragique de son ami. Puis il releva la tête et poursuivit, d'un ton plus assuré :) Je crois fermement que Michael a été victime d'une machination qui s'est soldée par cet effroyable mariage, qu'il n'a pas délibérément cherché à couvrir de honte le nom illustre qu'il portait.

— Et je crois, dit Holmes, pouvoir vous rassurer sur ce point. La trousse d'instruments chirurgicaux de Michael m'est parvenue très récemment et, en l'examinant, je me suis aperçu qu'il avait soigneusement recouvert les armoiries qu'elle portait, avec une pièce de velours.

Timothy Wentworth ouvrit de grands yeux.

— Il a été contraint de se séparer de ses instruments ?

— Ce que je veux démontrer, poursuivit Holmes, c'est que le fait de cacher l'écusson témoigne non seulement de sa honte, mais encore d'un effort pour protéger le nom qu'on l'a accusé de vouloir déshonorer.

— Il m'est intolérable de penser que son père se refuse à y croire. Maintenant que je vous ai dit tout ce que je savais, monsieur, il me tarde d'entendre ce que vous avez à me dire.

Holmes n'avait manifestement aucune envie de répondre. Il quitta son fauteuil et fit quelques pas

122

rapides dans la pièce, puis il s'arrêta et déclara simplement :

— Vous ne pouvez rien faire pour aider Michael, monsieur.

Wentworth sembla prêt à bondir.

— Nous avions conclu un marché !

— Très bien. Quelque temps après votre dernière rencontre, Michael a été victime d'un accident. A présent, monsieur Wentworth, il n'est plus guère qu'un tas de chair à peu près dépourvu d'intelligence. Il a tout oublié de son passé et ne retrouvera sans doute jamais la mémoire. Il est en de bonnes mains et, je vous l'ai dit, vous ne pouvez rien faire pour lui. Si je vous conseille de ne pas chercher à le revoir, c'est par souci de vous éviter une expérience douloureuse.

Timothy Wentworth, les yeux rivés au tapis, réfléchit au conseil de Holmes. C'est avec soulagement que je l'entendis dire en soupirant :

— Très bien, monsieur Holmes, je ne m'obstinerai pas. (Il se leva en tendant la main.) Mais si jamais je peux faire quoi que ce soit, monsieur, je vous prie de me le faire savoir.

— Vous pouvez compter sur moi.

Quand le jeune homme fut parti, Holmes se tint en silence près de la fenêtre pour regarder notre visiteur s'éloigner dans la rue. Puis il parla d'une voix si basse que j'avais peine à le comprendre.

— Plus graves sont nos fautes, Watson, et plus les vrais amis sont près de nous.

— Que dites-vous, Holmes ?

— Rien, je pensais.

— Eh bien, je dois avouer que le récit du jeune Wentworth a transformé mon opinion sur Michael Osbourne.

Holmes revint près du feu pour larder la bûche de coups de tisonnier.

— Vous êtes-vous rendu compte que les rumeurs qu'il a rapportées sont beaucoup plus pertinentes que les faits qu'il a exposés ?

— Je ne vous suis pas.

— La rumeur qui veut que cette femme, l'épouse de Michael, ait un complice, éclaire le problème d'un jour nouveau. Qui peut être cet homme, Watson, sinon l'insaisissable maillon que nous cherchons ? Le tigre que nous a dépêché ses tueurs ?

— Mais comment a-t-il pu savoir ?

— Oui, bien sûr. Comment s'est-il aperçu que j'étais sur sa piste avant que je ne le sache moi-même ? Je crois que nous allons encore rendre visite au duc de Shires et, cette fois, nous irons le voir dans sa maison de Berkeley Square.

Cette visite ne devait pas se faire, car la sonnette d'en bas retentit. Mme Hudson alla ouvrir. Un grand vacarme s'ensuivit : le visiteur était passé en trombe devant la logeuse et montait l'escalier quatre à quatre. La porte s'ouvrit à la volée sur un gamin maigre et boutonneux qui nous regarda d'un air farouche. Il avait une telle allure que je tendis automatiquement la main vers le pique-feu.

— M'sieur Sherlock Holmes, c'est qui ?

— C'est moi, jeune homme, répondit Holmes.

Le gamin lui tendit un objet enveloppé dans du papier brun.

— Alors ça, c'est pour vous.

Holmes prit le paquet et l'ouvrit sans tarder.

— Le couteau à nécropsie ! m'écriai-je.

Holmes n'eut pas le temps de répondre. Le messager détalait. Holmes pivota.

— Attendez ! cria-t-il. Il faut que je vous parle ! Nous ne vous ferons aucun mal !

Mais le gamin était parti. Holmes sortit en courant de la pièce. Je me précipitai à la fenêtre et aperçus le gamin qui s'enfuyait comme si le diable était à ses trousses. Sherlock Holmes était derrière lui.

Le « nègre » d'Ellery remet ça

— Rachel ?

Elle tourna la tête.

— Grant ! Grant Ames !

— Je suis venu en passant, dit le play-boy.

— Comme c'est gentil !

Rachel Hager — blue-jean et pull moulant — avait de longues jambes, pas un gramme de graisse superflue, mais des rotondités bien réparties. Avec sa grande bouche charnue, ses yeux d'un brun étrange et son nez de carlin, elle avait l'air d'une madone qui aurait embrassé une porte.

Ce piquant paradoxe n'échappa point à Grant Ames III. Elle n'avait pas cet air-là, l'autre jour, se dit-il en désignant du doigt l'ouvrage qui retenait miss Hager dans le jardin.

— Je ne savais pas que vous cultiviez des roses.

Le rire de Rachel découvrit les plus belles dents saillantes du monde.

— J'essaie. Je m'acharne, mais je ne suis pas douée. Quel bon vent vous amène dans ce pays perdu ?

Elle ôta ses gants de jardinage pour écarter une mèche folle de son front. Une mèche d'un ton puce qui — de l'avis de Grant —, vendu en flacons, aurait fait courir toutes les belles chez leur parfumeur.

— Je passais, comme ça, en voiture. J'ai à peine eu le temps de vous dire bonjour, chez Lita.

— J'étais là par hasard. Je n'ai pas pu rester longtemps.

— J'ai remarqué que vous ne nagiez pas.

— Grant ! Quel compliment charmant ! En général, on remarque les filles à cause de ce qu'elles font. Vous vous installez dans le patio ? Je vous apporte un verre. Je crois que vous aimez le scotch ?

— Ça dépend des moments. Pour l'instant, j'aimerais mieux un thé glacé.

— Ah bon ? Je reviens tout de suite.

Quand elle fut de retour, Grant la regarda s'installer sur une chaise de jardin trop basse pour être confortable et croiser ses jambes effilées. Il en fut tout ému.

— Quel beau jardin.

Le rire de Rachel découvrit à nouveau les dents divinement saillantes.

— Vous devriez le voir quand les gosses sont partis.

— Les gosses ?

— De l'orphelinat. Ils viennent ici en groupe, une fois par semaine, et c'est démentiel. Pourtant, ils font attention aux roses. Il y a une petite fille qui s'assied devant et qui ne bouge plus. Hier, je lui ai donné un cornet de glace qu'elle a laissé fondre dans sa main. A cause de cette Tropicana géante qui est là-bas. Elle voulait l'embrasser.

— Je ne savais pas que vous vous occupiez d'enfants.

A la vérité, Grant n'avait pas la moindre idée de ce que faisait Rachel et, jusqu'à cet instant, il s'en moquait comme de sa première chemise de soie.

— Je suis sûre que j'en profite plus qu'eux. En ce moment, je prépare une licence et j'ai pas mal de temps libre. J'avais pensé entrer dans le *Peace*

Corps, mais il y a tant à faire sans sortir des Etats-Unis... sans même sortir de la ville.

— Vous êtes exquise, s'entendit murmurer Grant, avec stupéfaction.

La jeune fille le regarda aussitôt, s'imaginant avoir mal entendu.

— Que dites-vous ?

— J'essayais de me rappeler combien de fois je vous ai vue. La première fois, c'était à Snow Mountain, n'est-ce pas ?

— Oui, je crois.

— C'est Jilly Hart qui nous a présentés.

— Moi, je m'en souviens parce que je me suis cassé la cheville en faisant du ski, mais que vous vous en souveniez, vous, avec votre harem !...

— Ce n'est pas tout à fait ma faute, dit Grant d'un ton guindé.

— Je veux dire que c'est quand même curieux. Vous vous souvenez de moi et vous n'avez jamais manifesté...

— Rachel, vous voulez faire quelque chose pour moi ?

— Quoi ? demanda la jeune fille avec méfiance.

— Remettez-vous à faire ce que vous faisiez quand je suis arrivé. Allez bêcher vos plates-bandes. Je veux rester là et vous regarder.

— C'est votre dernier baratin ?

— C'est vraiment bizarre, marmonna-t-il.

— Grant, pourquoi êtes-vous venu ici ?

— Zut, ça m'est complètement sorti de la tête !

— Faites un effort, dit Rachel avec une pointe de sévérité, je parie que ça va vous revenir.

— Voyons... Ah, oui ! Pour vous demander si vous aviez mis une grande enveloppe sur le siège de ma Jag, l'autre jour, chez Lita. Mais ça n'a aucune importance. Qu'est-ce que vous utilisez, comme engrais ?

Rachel s'accroupit et Grant crut voir un maga-zine de mode.

— Rien de spécial. Je mélange n'importe quoi. Grant, que vous arrive-t-il ?

Il baissa les yeux sur la belle main hâlée qu'elle avait posée sur son bras.

— *Mon Dieu! Ça y est!*

— Si je reviens à 7 heures, vous aurez enfilé une robe ?

Une lueur de compréhension jaillit dans les yeux de Rachel.

— Bien sûr, Grant, fit-elle d'une voix douce.

— Et ça ne vous ennuie pas si je vous exhibe un peu partout ?

La main accentua sa pression.

— Vous êtes un ange.

— Ellery, je l'ai trouvée, je l'ai trouvée! balbu-tiait Grant au téléphone.

— Trouvé qui ?

— La femme !

— Qui a mis l'enveloppe dans ta voiture ? demanda Ellery d'une voix étrange.

— Qui a mis quoi ? dit Grant.

— L'enveloppe, le *Journal.*

— Ah, ça ! (Un silence.) Tu ne sais pas, Ellery ?

— Non, quoi ?

— Moi non plus.

Ellery haussa les épaules et retourna au Dr Watson.

9

Le repaire de l'Éventreur

Que faire sinon attendre ? Contaminé par l'impatience fébrile de Holmes et tâchant de meubler les heures, je spéculai sur la situation en m'efforçant d'utiliser les méthodes que j'avais vu Holmes employer pendant si longtemps.

Le fait qu'il eût réduit à quatre le nombre de gens qu'il soupçonnait d'être l'Éventreur occupait, bien sûr, une grande part de mes réflexions, mais j'étais dérouté par d'autres éléments du puzzle. Pourquoi Mycroft avait-il affirmé que son frère n'avait pas tous les renseignements nécessaires ? Pourquoi Holmes était-il si pressé de s'attaquer au « tigre » qui rôdait dans les rues de Londres ? Si l'Éventreur était un homme — parmi quatre — que Holmes connaissait déjà, quel était le rôle du « tigre » dans cette affaire ? Pourquoi était-il indispensable de le trouver pour démasquer ensuite l'Éventreur ?

Ma joie eût été profonde si j'avais su qu'à ce moment même je détenais la clef de l'intrigue. Je ne voyais, hélas ! ni la clef ni son importance et, quand je finis par comprendre, cela ne m'apporta que de l'humiliation.

Je passai ainsi de longues heures à m'interroger. Un seul incident vint rompre la monotonie de cette journée, ce fut lorsqu'un chasseur en livrée m'apporta un billet.

— Monsieur, voici un message adressé à M. Sherlock Holmes par M. Mycroft Holmes.

— M. Holmes est sorti, lui dis-je. Vous pouvez laisser le billet.

Dès que le groom se fut retiré, j'examinai l'enveloppe, qui portait le cachet du ministère des Affaires étrangères où Mycroft puisait ses revenus.

J'avais une envie folle de décacheter l'enveloppe mais, bien sûr, je n'en fis rien. Je la mis dans ma poche et continuai à arpenter la pièce. Les heures passaient et Holmes ne donnait pas signe de vie. De temps en temps, je m'approchais de la fenêtre et regardais le brouillard qui tombait sur la ville. La nuit venue, je me dis que le temps était vraiment propice à l'Eventreur.

Le fait n'avait pas échappé au fou furieux. A peine cette idée m'était-elle venue qu'un gamin des rues m'apporta un message de Holmes. Les doigts tremblants, je l'ouvris en présence du gamin.

« Mon cher Watson,
Veuillez donner à ce garçon une demi-couronne pour sa peine et me rejoindre dare-dare à la morgue de Montague Street.

Sherlock Holmes. »

Le gamin, un petit gars à la mine éveillée, n'avait, j'en suis certain, jamais reçu aussi royal pourboire. Mon soulagement était tel que je lui donnai une couronne.

En un clin d'œil, j'avais sauté dans un fiacre et j'encourageais le cocher à se presser, malgré la purée de pois de plus en plus dense qui obscurcissait les rues. Dieu merci, cet automédon avait l'intuition d'un pigeon voyageur. Nous fûmes sur les lieux en un rien de temps.

— La portière de droite, patron. Vous allez tout droit et vous faites gaffe de pas vous écraser le nez contre le portail.

Après quelques tâtonnements, je trouvai le portail, traversai la cour et rejoignis Holmes, près de la table surélevée de la morgue. Il eut, pour m'accueillir, des paroles navrantes :

— Encore une, Watson.

Le Dr Murray et l'idiot se trouvaient là également. Le premier se tenait, en silence, près de la table, mais Michael-Pierre était tapi contre le mur, le visage déformé par la peur.

Voyant que le Dr Murray ne bougeait pas, Holmes fronça les sourcils et déclara :

— Docteur Murray, vous ne pensez tout de même pas que le Dr Watson est incapable de supporter cela ?

— Non, non, répliqua Murray en rabattant le drap.

J'eus néanmoins du mal à supporter ce que je vis. C'était le plus incroyable travail de boucherie sur un corps humain qu'un être sain d'esprit puisse imaginer. L'Eventreur en folie avait déchaîné ses talents délirants. La décence m'empêche de donner des détails, hormis mon exclamation étranglée :

— Mais, Holmes, il manque un sein !

— Cette fois, dit Holmes d'un ton lugubre, le sadique a emporté un trophée.

N'y tenant plus, je descendis de la plate-forme. Holmes me suivit.

— Au nom du ciel, Holmes, m'écriai-je, il faut arrêter ce monstre !

— Vous n'êtes pas seul dans vos prières, Watson.

— Avez-vous reçu une aide quelconque de Scotland Yard ?

— Il vaudrait mieux dire, Watson, Scotland Yard a-t-il reçu une aide quelconque de ma part ? Hélas ! presque rien.

Nous prîmes congé du Dr Murray et de l'idiot. Dans la rue, les tourbillons de brouillard m'arrachèrent un frisson.

— Cette épave qui fut, jadis, Michael Osbourne... suis-je victime d'une illusion, Holmes, ou était-il vraiment terré dans son coin comme le chien fidèle de Murray, attendant le coup de pied qui allait punir quelque bêtise ?

— Ou bien, répondit Holmes, comme un chien fidèle percevant l'horreur de son maître et cherchant à la partager. Vous êtes obsédé par Michael Osbourne, Watson.

— C'est possible. (Je forçai mon esprit à retourner en arrière.) Dites-moi, Holmes, avez-vous rattrapé le messager qui avait pris ses jambes à son cou ?

— Je l'ai serré de près pendant quelques centaines de mètres, mais il connaissait aussi bien que moi les labyrinthes de Londres et je l'ai perdu.

— Puis-je vous demander comment vous avez occupé le reste de la journée ?

— J'en ai passé une partie dans la bibliothèque de Brow Street où j'ai tenté d'établir un canevas, à partir d'une projection hypothétique du cerveau du fou furieux.

Nous avancions lentement dans le banc de brouillard.

— Où allons-nous, Holmes ?

— Dans un secteur particulier de Whitechapel. J'ai établi un schéma, Watson, en repérant les lieux où se sont déroulés les meurtres connus de l'Eventreur, de façon à délimiter, sur un plan du quartier, le champ d'action du monstre. J'ai passé des heures à l'étudier et je suis persuadé que l'Eventreur opère en rayonnant autour d'un point central, une chambre, un appartement, un sanctuaire d'où il part et où il revient toujours.

— Avez-vous l'intention de chercher cet endroit ?

— Oui. Nous verrons s'il vaut mieux user ses semelles que le fond de son pantalon.

— Dans un brouillard pareil, il nous faudra sans doute marcher longtemps.

— Certes, mais nous avons quelques atouts en main. J'ai pris soin, par exemple, d'interroger les témoins.

Cela me prit au dépourvu.

— Holmes! m'écriai-je. Je ne savais pas qu'il y avait des témoins.

— Plus ou moins, Watson, plus ou moins. L'Eventreur a parfois été à deux doigts de se faire surprendre. Je soupçonne même qu'il fait exprès d'organiser ses meurtres de cette façon, par mépris et par bravade. N'oubliez pas que nous l'avons frôlé de près.

— Je ne m'en souviens que trop!

— Toujours est-il qu'à en juger par le bruit de ses pas, lorsqu'il s'est enfui, j'ai pu conclure qu'il allait du périmètre d'un cercle vers le centre. Et c'est au centre de ce cercle que nous allons chercher.

C'est ainsi que nous plongeâmes, en cette nuit de brouillard suffocant, dans les cloaques de Whitechapel, où s'agglutinent les déchets humains de la capitale. Holmes avançait avec une assurance qui indiquait qu'il connaissait bien ces bas-fonds pestilentiels. Nous fîmes le chemin en silence, sauf quand Holmes me demanda:

— Dites-moi, Watson, avez-vous pensé à glisser un revolver dans votre poche?

— C'est la dernière chose que j'ai faite avant de venir vous rejoindre.

— Moi aussi, je suis armé.

Nous pénétrâmes d'abord dans un lieu qui se révéla être une fumerie d'opium. A moitié asphyxié par les émanations immondes, je suivis Holmes qui longeait la rangée de couchettes où les malheureux toxicomanes gisaient dans la torpeur de leurs rêves sordides. Holmes s'arrêtait çà et là, pour les examiner de plus près. Il leur adressait parfois quelques mots et certains lui répondaient. Quand nous quittâmes l'endroit, il semblait ne rien avoir appris d'intéressant.

Nous visitâmes ensuite une série de caboulots où nous fûmes, en général, accueillis par un silence renfrogné. Là aussi, Holmes s'adressa *sotto voce* à quelques individus que nous rencontrâmes et je déduisis de son comportement qu'il en connaissait certains. A l'occasion, une ou deux pièces de monnaie passaient de sa main dans une patte crasseuse ; puis nous repartions.

Nous venions de quitter le troisième bouge, encore plus immonde que les précédents, quand je finis par dire ce que j'avais sur le cœur.

— Holmes, l'Eventreur n'est pas une cause, mais une conséquence.

— Une conséquence, Watson ?

— De la corruption qui règne dans ces lieux.

Holmes haussa les épaules.

— Cela ne vous fait pas bondir d'indignation ?

— Un changement radical ne serait pas pour me déplaire, Watson. Peut-être aura-t-il lieu plus tard, en des temps plus éclairés. En attendant, je suis un réaliste. L'utopie est un luxe auquel je n'ai pas le temps de m'adonner.

Avant que je puisse répondre, il avait poussé une autre porte et nous entrions dans une maison close. Je fus assailli par un remugle de parfums bon marché. Nous nous trouvions dans un salon où une demi-douzaine de femmes plus ou moins nues, assises dans des attitudes provocantes, attendaient les hommes qui viendraient du brouillard.

Je promenai très ouvertement mon regard sur les sourires d'invite et les gestes lascifs qui nous accueillaient de toutes parts. Holmes, avec son sang-froid habituel, se montra à la hauteur de la situation. Fixant son attention sur une des filles, une jolie petite, complètement nue sous son peignoir ouvert, il dit :

— Bonsoir, Jenny.

— Bonsoir, m'sieur Holmes.

— Vous êtes allée voir le médecin dont je vous ai donné l'adresse ?

— Pour ça oui, m'sieur. Même qu'il m'a dit que j'avais rien du tout.

Un rideau de perles s'écarta sur une patronne obèse qui fixa un instant sur nous ses yeux en boutons de bottines.

— Que faites-vous donc dehors, par un temps pareil, monsieur Holmes ?

— Vous le savez certainement, Leona.

Elle prit un air boudeur.

— Pourquoi pensez-vous que mes pensionnaires ne sont pas dans la rue ? C'est bien que je ne veux pas les perdre !

Une créature grassouillette et outrageusement fardée déclara avec colère :

— C'est dégoûtant. On peut plus turbiner. On a tout l'temps la rousse sur le dos.

— Vaut mieux ça qu'un couteau dans le ventre, rétorqua une autre fille.

— Ouais, même que j'ai failli racoler un aristo qui habite au Pacquin. Il montait l'escalier, tout bien nippé... une cape et une cravate blanche qu'il avait. Il me voit et il s'arrête. A c'moment-là, y a le flic qui sort sa fraise du brouillard. « Allez, mignonne, qu'il me dit, faut rentrer faire dodo. C'est pas une nuit à s'balader. »

La fille lança un jet de salive.

— Le monsieur a filé, sans doute ? demanda Holmes d'un ton égal.

— Droit dans sa chambre, tiens, mais sans m'emmener avec lui !

— N'est-ce pas étrange qu'un monsieur bien mis habite dans un endroit pareil ?

La fille s'essuya la bouche d'un revers de main.

— Il peut bien habiter où ça lui chante, le salaud !

Holmes se dirigeait vers la porte. En passant près de moi, il murmura :

— Venez, Watson. Vite, vite !

Replongeant dans le brouillard, il m'empoigna la main pour me faire avancer dare-dare.

— Nous le tenons, Watson ! J'en suis sûr ! Des visites, des questions, le hasard d'une remarque et nous voilà sur la piste d'un monstre capable de tout... sauf de se rendre invisible !

Il parlait avec exultation, m'entraînant à vive allure. Quelques instants plus tard, je gravissais, en trébuchant, un escalier étroit, entre des cloisons de bois.

L'effort de la course avait entamé la belle énergie de Holmes. Tandis que nous montions, il parlait d'une voix haletante.

— Le Pacquin est un des sordides hôtels meublés qui abondent à Whitechapel, Watson. Dieu merci, je le connaissais de nom.

Levant les yeux, j'aperçus une porte entrouverte sur laquelle Holmes se rua dès qu'il eut atteint le palier. Je l'y suivis en chancelant.

— Malédiction ! rugit-il. Nous avons été devancés !

Depuis le temps que je le connaissais, je n'avais jamais vu Holmes en pareil état de rage impuissante. Il se dressait au milieu de la petite chambre au mobilier miteux, le revolver au poing, le regard fulminant.

— Si c'était le repaire de l'Eventreur, m'écriai-je, le monstre l'a quitté.

— Et pour toujours, sans doute !

— Peut-être Lestrade était-il également sur sa piste.

— Cela m'étonnerait fort ! Lestrade doit être en train de tournailler dans quelque ruelle.

Pressé de s'enfuir, l'Eventreur avait laissé la chambre sens dessus dessous. Comme je cherchais des mots capables d'apaiser la déception de Holmes, celui-ci m'empoigna le bras.

— Si vous n'êtes pas convaincu que l'Eventreur avait établi son quartier général dans cette chambre, Watson, regardez donc ceci.

Je regardai l'endroit qu'il me montrait du doigt et compris aussitôt ce qu'il voulait dire. C'était le sinistre trophée, le sein qu'il avait arraché au cadavre qui gisait dans la morgue de Montague Street.

Je n'avais que trop souvent contemplé le spectacle de la mort et de la violence, mais cela était pire. Il n'y avait là aucune chaleur, aucune colère, c'était l'horreur à l'état brut et j'en eus la nausée.

— Je ne peux pas rester, Holmes. Je vous attendrai en bas.

— Je n'ai plus rien à faire ici. Un seul coup d'œil suffit pour voir ce qu'il y a à voir. Notre proie est trop rusée pour avoir laissé le moindre indice.

A cet instant, peut-être parce que inconsciemment je cherchais une diversion, je me souvins du message.

— J'oubliais, Holmes, cet après-midi, un chasseur est venu à Baker Street apporter un billet de votre frère Mycroft. Il s'est passé tant de choses que je n'y pensais plus.

Je lui tendis l'enveloppe qu'il ouvrit aussitôt. J'aurais eu tort de m'attendre à des remerciements. Après avoir lu le billet, Holmes me regarda d'un œil froid.

— Voulez-vous savoir ce qu'il écrit, Watson ?

— Oui, bien sûr.

— Je vais vous le lire. « Mon cher frère, voici un petit renseignement qui m'est parvenu d'une façon que je te conterai plus tard et qui te sera fort utile.

Un certain Max Klein est propriétaire d'une taverne de Whitechapel qui a pour nom *L'Ange et la Couronne*. Toutefois Klein n'a fait l'acquisition de ce local que récemment : c'est-à-dire il y a environ quatre mois. Ton frère, Mycroft. »

J'étais trop déconcerté pour comprendre d'où venait le vent. Si je m'accorde au moins cette excuse, c'est pour ne pas avouer mon effarante stupidité. Toujours est-il que je laissai échapper :

— Mais oui, Holmes, je le savais. La fille avec qui j'ai parlé à *L'Ange et la Couronne* me l'avait dit.

— Ah oui ? fit Holmes d'un ton lourd de menaces.

— Oui. Ce Klein est un type redoutable. J'ai pu constater qu'il ne lui avait pas fallu longtemps pour imprimer sa personnalité sur la taverne.

Levant les bras aux cieux, Holmes explosa :

— Dieu du ciel ! Pourquoi faut-il que je patauge dans une mare d'imbéciles !

Le vent que je n'attendais pas m'atteignit en rafale. J'en eus le souffle coupé, mais je parvins à articuler faiblement :

— Holmes, je ne comprends pas.

— Alors votre cas est désespéré, Watson ! D'abord vous glanez le renseignement précis qui m'aurait permis de résoudre cette affaire et le gardez allègrement pour vous. Ensuite, vous oubliez de me remettre le billet qui contenait ce même renseignement vital. Watson ! Dans quel camp êtes-vous ?

Avant cette sortie, j'étais perplexe ; là, j'étais complètement perdu. Il était impossible de protester, inconcevable de le défier pour défendre mon amour-propre.

Mais Sherlock Holmes n'était pas homme à s'enliser dans les récriminations.

— En route pour *L'Ange et la Couronne*, Watson, me dit-il en bondissant vers la porte. Non ! Nous irons d'abord à la morgue ! Nous offrirons à ce monstre un échantillon de son propre travail !

Ellery a des nouvelles
du temps jadis

On sonna à la porte.

Ellery posa brutalement le journal. C'était sans doute — et pour ne pas changer — l'éponge imbibée d'alcool. Il hésita à répondre, regarda sa machine d'un air coupable, se rendit dans l'entrée et ouvrit la porte.

Ce n'était pas Grant Ames, mais un télégraphiste. Ellery signa le registre et lut le télégramme qui n'était pas signé.

NOM DE ZEUS ALLEZ-VOUS REBRANCHER VOTRE TÉLÉPHONE POINT D'INTERROGATION SI JE RESTE COINCÉ ICI PLUS LONGTEMPS JE DEVIENS DINGUE POINT D'EXCLAMATION.

— Pas de réponse, dit Ellery.

Il donna un pourboire au télégraphiste et s'empressa d'obéir aux ordres de l'inspecteur Queen.

Grommelant dans sa barbe, il brancha aussi le rasoir électrique et promena la gueule ronflante sur son menton poilu. Tant qu'il téléphone, se dit-il, c'est qu'il est encore aux Bermudes. Si je peux encore l'avoir à l'intimidation, ne serait-ce qu'une semaine de plus...

Le téléphone ressuscité tinta. Ellery fit taire le rasoir pour répondre. Cher vieux papa !

Ce n'était pas cher vieux papa. Mais la voix chevrotante d'une vieille dame. Une très vieille dame, certainement une personne cultivée.

— Monsieur Queen ?

— Oui ?

— Je m'attendais à recevoir de vos nouvelles.

— Je vous prie de m'excuser, dit Ellery, j'avais l'intention de passer vous voir, mais le manuscrit du Dr Watson est arrivé au mauvais moment. Je suis complètement débordé par un manuscrit de mon cru.

— Je suis désolée.

— C'est moi qui suis désolé, croyez-moi.

— Alors vous n'avez pas eu le temps de le lire ?

— Au contraire, la tentation était si forte que je n'ai pas pu résister. J'ai quand même dû me rationner parce qu'il faut que je remette mon œuvre avant une certaine date. J'ai encore deux chapitres à lire.

— Si vous disposez d'aussi peu de temps, monsieur Queen, il vaut mieux que j'attende que vous ayez terminé votre propre travail.

— Non, non, je vous en prie. Les problèmes que posait mon roman sont résolus. Et puis je me faisais une telle joie de bavarder avec vous.

La vieille voix émit un gloussement.

— Inutile de vous dire que, fidèle à mes habitudes, j'ai déjà commandé votre prochaine œuvre chez mon libraire. Surtout n'allez pas croire que je dis cela pour vous flatter ! J'en serais navrée !

— J'ai une idée de la personne que le Dr Watson veut impliquer.

— Et qu'il finit par accuser. Mais ce n'est pas vrai, monsieur Queen ! Pour une fois, Sherlock Holmes s'est trompé et ce n'est pas la faute du Dr Watson. Il a simplement consigné par écrit le déroulement de l'affaire, tel que l'a dicté Sherlock

Holmes. Seulement M. Holmes a échoué et commis une terrible injustice.

— Le manuscrit n'a jamais été publié...

— Au fond, cela ne fait aucune différence, monsieur Queen. Le verdict est connu, la tache ineffaçable.

— Que voulez-vous que je fasse ? On ne change pas le passé.

— Monsieur, je ne possède rien, en dehors de ce manuscrit ! Le manuscrit et ce mensonge abominable ! Sherlock Holmes n'était pas infaillible. Personne ne l'est. Dieu s'est réservé cette prérogative. La vérité doit être cachée quelque part dans le manuscrit, monsieur Queen. Je vous supplie de la trouver.

— Je ferai de mon mieux.

— Merci, jeune homme. Merci infiniment.

— Vous êtes trop aimable.

Il y avait, sous le calme et la précision de la voix — Ellery en était sûr, peut-être parce qu'il s'y attendait — une tension qui laissait supposer que la vieille dame était au bord de l'effondrement.

— Avez-vous eu quelques doutes quant à l'authenticité du manuscrit, monsieur Queen ?

— Franchement, au début, lorsque Grant me l'a apporté, j'étais persuadé qu'il s'agissait d'un faux. J'ai eu tôt fait de changer d'idée.

— Vous avez dû trouver le mode de livraison plutôt excentrique.

— Pas après avoir lu le premier chapitre, dit Ellery. J'ai très bien compris.

Le chevrotement de la voix s'accentua.

— Monsieur Queen, *ce n'était pas lui. Ce n'était pas l'Eventreur !*

Ellery tenta d'apaiser la détresse de la pauvre femme.

— Cela fait si longtemps. Croyez-vous que cela ait encore vraiment de l'importance ?

— Mais oui, bien sûr ! L'injustice a toujours de l'importance ! Le temps peut arranger bien des choses, mais pas cela !

Ellery lui rappela qu'il n'avait pas terminé la lecture du manuscrit.

— Mais vous avez compris. Je suis sûre que vous avez compris.

Lorsqu'elle eut raccroché, Ellery balança violemment le récepteur sur l'appareil qu'il mitrailla des yeux. Quelle invention immonde ! Ellery était un brave type, toujours prêt à rendre service, gentil avec son père... mais il ne manquait plus que ça !

Il fut tenté de souhaiter que le Dr Watson ait été emporté par la petite vérole — lui et tous les admirateurs fervents des grands hommes (où était-il, l'admirateur fervent d'Ellery ?). Puis, se souvenant de la voix tremblante de la vieille dame, il soupira et reprit le manuscrit du Dr Watson.

10

Le « tigre » de L'Ange et la Couronne

— J'espère sincèrement, cher ami, que vous voudrez bien accepter mes excuses.

Holmes ne m'avait jamais adressé de paroles aussi bienvenues. Nous étions dans la rue, luttant contre le brouillard, car il n'y avait pas un fiacre dans les rues de Whitechapel, ce soir-là.

— Vous aviez parfaitement raison, Holmes.

— Au contraire, j'ai fait preuve d'une susceptibilité puérile qui convient mal à un adulte. Il est impardonnable de faire retomber sur les autres la responsabilité de ses propres erreurs. J'aurais dû avoir l'intelligence de trouver moi-même et depuis longtemps le renseignement que vous n'avez eu aucun mal à obtenir de Polly.

Ce raisonnement était spécieux, mais les louanges de Holmes n'en apaisèrent pas moins mes blessures d'amour-propre.

— Je ne peux accepter vos bonnes paroles, Holmes, protestai-je. Il ne m'était pas venu à l'idée que Klein puisse représenter le maillon qui vous faisait défaut.

— Cela s'explique, répondit Holmes, toujours magnanime, par le fait que vous n'avez pas su orienter vos perceptions dans la bonne direction. Nous cherchions un homme fort, brutal et sans remords ; Klein, d'après ce que vous m'avez dit, correspondait à cette description ; j'avais d'ailleurs pu m'en rendre compte par moi-même dans la taverne. Il y en a d'autres, à Whitechapel, qui sont d'une méchanceté tout aussi redoutable, mais la seconde partie du renseignement désigne Klein directement.

— Sa récente acquisition de la taverne ? Dès que vous expliquez, tout devient tellement clair.

— Il est maintenant possible de reconstituer ce qui s'est passé, avec de faibles risques d'erreur. Klein a vu, en Michael Osbourne, une occasion à saisir. Michael et, très probablement, Angela, la prostituée dont Michael s'est amouraché, étaient des êtres faibles que cet homme dominateur et cruel n'a eu aucun mal à diriger à sa guise. C'est Klein qui a manigancé le mariage déshonorant et, du même coup, la ruine de Michael Osbourne.

— Dans quel but ?

— Le chantage, Watson ! Le plan a échoué lorsque les bons côtés de la nature de Michael ont résolument pris le dessus et que celui-ci s'est catégoriquement refusé à coopérer. Je suis persuadé que si Klein a pu mener à bien ses intrigues, il le doit uniquement à la chance. C'est ainsi qu'il a pu extorquer une somme suffisante pour acheter *L'Ange et la Couronne* et qu'il a certainement depuis lors arrondi son infâme pécule.

— Il reste, cependant, tant de questions sans réponse, Holmes. Michael réduit à l'état d'imbécillité, sa femme Angela — je vous rappelle qu'il nous faut encore la retrouver — horriblement défigurée.

— Chaque chose en son temps, Watson.

Le ton assuré de Holmes ne faisait qu'aggraver ma confusion.

— Vous pouvez être sûr que leur misère actuelle résulte de la rage qui s'est emparée de Klein lorsque ses plans ont été déjoués par le refus de Michael de participer à une entreprise de chantage. C'est certainement Klein qui a infligé à Michael les coups terribles qui l'ont rendu idiot. Je ne saurais dire, avec autant de certitude, pourquoi Angela a été défigurée, mais il se pourrait qu'elle ait voulu se porter au secours de Michael.

A cet instant, une trouée dans le brouillard nous fit voir la porte de la morgue. Je frissonnai.

— Dites-moi, Holmes, auriez-vous l'intention de transporter le cadavre de la dernière victime à la taverne ?

— Quelle idée, Watson ! fit-il d'un air absent.

— Vous parliez pourtant d'offrir à Klein un échantillon de son œuvre.

— C'est ce que nous allons faire, Watson, je vous le garantis.

Je secouai la tête et suivis Holmes qui traversa la morgue et pénétra dans le foyer. Nous y trouvâmes le Dr Murray, occupé à soigner l'œil au beurre noir qu'un individu avait dû prendre en même temps que plusieurs verres de bière.

— Michael Osbourne est-il ici ? demanda Holmes.

Le Dr Murray avait un air hagard. Le surmenage et la tâche trop ingrate de s'occuper des déshérités commençaient à avoir raison de lui.

— Il y a peu de temps, ce nom m'eût été inconnu...

Holmes l'interrompit.

— Je vous en prie, docteur Murray, le temps presse. J'ai besoin de Michael.

— Ce soir ? Maintenant ?

— La situation a évolué, docteur. Avant l'aube, l'Eventreur sera démasqué. Le monstre responsable du bain de sang de Whitechapel sera forcé de rendre des comptes.

Le Dr Murray était tout aussi éberlué que moi.

— Je ne comprends pas. Vous voulez dire, monsieur, que l'Eventreur est l'âme damnée d'un être encore plus infâme ?

— Plus ou moins. Avez-vous vu l'inspecteur Lestrade, récemment ?

— Il y a une heure qu'il est parti. Il doit être dehors, dans le brouillard.

— Dites-lui, s'il revient, de nous rejoindre à *L'Ange et la Couronne*.

— Mais pourquoi faut-il que vous emmeniez Michael Osbourne ?

— Pour le confronter avec sa femme, fit Holmes avec impatience. Hâtez-vous de me dire où il est car nous gaspillons un temps précieux.

— Vous le trouverez dans la petite chambre qui est de ce côté-ci de la morgue. C'est là qu'il dort.

Nous nous rendîmes dans la chambre et Holmes secoua doucement l'idiot pour le réveiller.

Il n'y eut pas la moindre lueur de compréhension dans le regard vide de Michael Osbourne qui nous suivit pourtant dans le brouillard, avec la confiance d'un enfant. Le brouillard était si épais qu'il nous fallait nous en remettre totalement au flair incroyable de Holmes pour ne pas nous perdre en route. L'atmosphère de Londres était si menaçante, cette nuit-là, qu'à tout instant je m'attendais à sentir la morsure d'une lame entre mes côtes.

J'étais si plein de curiosité que je ne pus retenir une question.

— Si je ne m'abuse, Holmes, vous vous attendez à trouver Angela Osbourne à *L'Ange et la Couronne* ?

— J'en ai la certitude.

— A quoi cela sert-il de la confronter avec Michael ?

— Il se pourrait qu'elle hésite à parler. Mais la présence de son mari lui donnera un choc qui la décidera.

— Je comprends, dis-je, bien que ce ne fût pas rigoureusement exact.

Nous poursuivîmes notre chemin en silence.

J'entendis enfin le claquement d'une main sur du bois et la voix de Holmes qui disait :

— Nous y voici, Watson. Maintenant, cherchons !

Une fenêtre était faiblement éclairée.

— C'est à la porte principale que vous avez frappé ? demandai-je.

— Oui, mais il nous faut en trouver une autre. Je veux atteindre les chambres du haut sans être aperçu.

Longeant le mur à tâtons, nous contournâmes la maison. Un léger vent dissipa un instant le brouillard.

Holmes avait pensé à emprunter une lanterne sourde quand nous étions passés au foyer. Il ne l'avait pas utilisée en route pour ne pas attirer l'attention des voleurs de grand chemin. Elle éclaira les contours d'une porte de service qui devait être utilisée pour les livraisons des fûts de bière et des alcools. Holmes poussa le battant et s'avança.

— Le loquet a été arraché récemment, remarqua-t-il.

Nous entrâmes sur la pointe des pieds.

Nous étions dans une resserre. J'entendis la rumeur sourde qui venait de la taverne, mais il semblait que notre arrivée fût passée inaperçue. Holmes eut tôt fait de dénicher une échelle qui nous permit d'accéder au premier étage. Nous montâmes prudemment, et nous faufilâmes par une trappe qui aboutissait à l'extrémité d'un couloir mal éclairé.

— Attendez-moi ici avec Michael, chuchota Holmes. (Il revint presque aussitôt.) Suivez-moi.

Nous arrivâmes devant une porte fermée ; un rai de lumière effleura la pointe de nos souliers.

Holmes nous plaqua contre le mur et frappa contre le panneau. Il y eut un bruit de pas à l'intérieur. La porte s'ouvrit et une voix de femme appela :

— Tommy ?

La main de Holmes se détendit comme un serpent pour se poser sur un visage voilé.

— Ne criez pas, madame, dit-il d'un ton impératif. Nous ne vous ferons aucun mal. Nous avons à vous parler.

Holmes relâcha prudemment la pression de sa main. Quand la femme demanda : « Qui êtes-vous ? » il y avait, dans sa voix, une peur bien légitime.

— Je suis Sherlock Holmes. J'ai amené votre mari.

J'entendis la femme suffoquer.

— Vous avez amené Michael ici ? Pourquoi, mon Dieu ?

— C'était une précaution utile.

Holmes entra dans la pièce et me fit signe de le suivre. J'empoignai Michael par le bras et m'avançai.

A la lueur de deux lampes à pétrole, je découvris une femme dont le visage était masqué par un voile trop diaphane pour cacher une terrible cicatrice. C'était, sans aucun doute, Angela Osbourne.

En voyant l'idiot — son mari —, elle étreignit les accoudoirs du fauteuil où elle avait pris place et se souleva à moitié avant de se laisser retomber. Ensuite, elle resta assise, raide comme un cadavre, les doigts noués.

— Il ne me reconnaît pas, murmura-t-elle avec désespoir.

Michael Osbourne, debout près de moi en silence, la fixait d'un regard vide.

— Cela ne devrait pas vous étonner, madame, dit Holmes. Mais le temps presse. Il faut que vous parliez. Nous savons que Klein est responsable de l'état de votre mari et qu'il vous a défigurée. Racontez-nous ce qui s'est passé à Paris.

La femme se tordit les mains.

— Je ne perdrai pas de temps, monsieur, à me chercher des excuses. Je n'en ai pas. Peut-être vous rendez-vous compte que je ne suis pas comme les pauvres filles, en bas, que l'ignorance et la misère ont poussées à exercer leur métier honteux. Je suis devenue ce que je suis à cause d'un monstre : Max Klein. Vous désirez savoir ce qui s'est passé à Paris. J'y suis allée parce que Max avait organisé pour moi un rendez-vous avec un riche commerçant français. C'est alors que j'ai rencontré Michael Osbourne et qu'il s'est épris de moi. Croyez, monsieur, que je n'avais aucunement l'intention de le couvrir de honte, mais, lorsque Max Klein est arrivé à Paris, il a flairé la possibilité d'utiliser mon jeune amoureux à ses propres fins. Notre mariage était la première étape de son plan et il m'a contrainte à user de mes charmes. Le mariage a eu lieu malgré mes pleurs et mes protestations. Michael se trouvant alors à sa merci, Max a soudain dévoilé son piège. C'était le plus abject des chantages, monsieur Holmes. Il mettrait, disait-il, le duc de Shires au courant des faits, en le menaçant de révéler au monde la profession de sa bru s'il refusait de payer.

— Mais cela ne s'est pas passé ainsi, dit Holmes dont le regard étincelait.

— Non. Michael avait plus de courage que Max ne le supposait. Il a menacé Max de le tuer et il a même essayé de le faire. Ce fut une scène atroce ! Michael n'avait aucune chance de l'emporter sur la force brutale de Max qui le terrassa d'un seul coup. Puis la colère de Max, la sauvagerie foncière de sa nature se déchaînèrent et il infligea à Michael les terribles blessures qui sont responsables de son état actuel. En fait, il l'aurait tué si je n'étais pas intervenue. C'est alors que Max saisit un couteau sur la table et me rendit telle que vous me voyez. Sa rage l'abandonna juste à temps pour éviter un double meurtre.

— Ce qu'il vous a fait, à vous et à Michael, ne l'a pas incité à renoncer à son projet ?

— Non, monsieur Holmes, car dans ce cas, il nous aurait abandonnés à Paris, tandis qu'il a utilisé la somme considérable qu'il avait dérobée à Michael pour nous ramener à Whitechapel et acheter cette taverne.

— Il n'a donc pas obtenu cet argent en exerçant un chantage ?

— Non. Le duc de Shires s'était montré fort généreux envers Michael jusqu'au jour où il l'a désavoué. Max a pris à Michael jusqu'à son dernier sou. Puis il nous a emprisonnés ici, à *L'Ange et la Couronne*, bien décidé à poursuivre je ne sais quels sinistres projets.

— Vous dites qu'il vous a *ramenés* à Whitechapel, madame Osbourne, dit Holmes. Serait-ce dire qu'il y habitait déjà ?

— Oui, oui. Il est né à Whitechapel. Il en connaît tous les recoins. C'est la terreur du quartier. Rares sont ceux qui oseraient le contrarier.

— Quels étaient ses projets ? Vous les connaissez ?

— Je suis sûre qu'il s'agissait de chantage, mais il est arrivé quelque chose qui a contrecarré ses desseins ; je n'ai jamais pu découvrir ce que c'était. Et puis Max est venu me trouver, un matin, dans un état d'exaltation farouche. Il m'a dit que sa fortune était faite, qu'il n'avait plus besoin de Michael et qu'il allait l'assassiner. Je l'ai supplié de n'en rien faire. J'ignore si j'ai réussi à rallumer dans son cœur une étincelle d'humanité, toujours est-il qu'il avait décidé de me faire plaisir en confiant mon mari au foyer du Dr Murray, sachant pertinemment que Michael avait perdu la mémoire.

— Madame Osbourne, quelle était l'origine de la bonne fortune qui procurait une telle joie à Klein ? De quelle nature était-elle ?

— Je ne l'ai jamais su. Je lui ai demandé si le duc de Shires avait accepté de payer une forte somme d'argent, mais il m'a giflée en me disant de m'occuper de mes affaires.

— Et depuis lors, vous êtes prisonnière ici ?

— Une prisonnière consentante, monsieur Holmes. Il est vrai que Max m'a interdit de quitter cette chambre, mais mon visage est mon véritable geôlier. (Elle courba sa tête voilée.) C'est tout ce que je peux vous dire, monsieur.

— Pas tout à fait, madame !

— Que puis-je vous dire de plus ? demanda-t-elle en relevant la tête.

— Il y a l'affaire de la trousse de chirurgien. Il y a aussi un billet anonyme qui informait lord Carfax de l'endroit où se trouvait son frère.

— Je n'ai aucune idée, monsieur...

— Je vous en prie, madame, ne cherchez pas à éluder mes questions. Il faut que je sache tout.

— Il semble qu'avec vous on ne puisse garder un secret ! s'écria Angela Osbourne. Etes-vous un homme ou bien le diable ? Si Max venait à apprendre ceci, il me tuerait !

— Nous sommes vos amis, madame. Ce n'est pas nous qui le lui apprendrons. Comment avez-vous découvert que la trousse avait été engagée chez Joseph Beck ?

— J'ai un ami. Il vient ici, au péril de sa vie, pour me parler et me rendre quelques services.

— Il s'agit sans doute du « Tommy » que vous attendiez quand j'ai frappé à votre porte ?

— Je vous en prie, monsieur Holmes, ne le compromettez pas ; je vous en supplie !

— Je n'ai aucune raison de le compromettre, mais je veux en savoir plus long sur lui.

— Tommy va parfois aider les gens qui s'occupent du foyer.

— C'est vous qui l'y avez envoyé ?

— Oui, pour avoir des nouvelles de Michael. Après que Max l'a emmené au foyer, je me suis glissée dehors, une nuit, au prix de risques terribles, afin d'envoyer le billet auquel vous faites allusion. Je pensais que je devais au moins ça à Michael. J'étais persuadée que Max ne s'en apercevrait jamais, et que lord Carfax ne pourrait retrouver nos traces, puisque Michael avait perdu la mémoire.

— Et la trousse de chirurgien ?

— Tommy a surpris une conversation entre Sally Young et le Dr Murray qui envisageaient la possibilité de l'engager chez un prêteur. L'idée m'est venue que ce serait peut-être une façon de vous amener à mettre en œuvre vos talents, monsieur Holmes, pour capturer l'Eventreur. Une fois de plus, je me suis glissée dehors. J'ai dégagé la trousse et vous l'ai envoyée.

— Vous avez délibérément retiré le couteau à nécropsie ?

— Oui. J'étais sûre que vous comprendriez. Ensuite, comme je n'entendais pas parler de votre participation à l'affaire, je me suis affolée et je vous ai fait porter le couteau.

Holmes pencha sur elle son visage de rapace au regard pénétrant.

— Madame, à quel moment avez-vous compris que Max Klein était l'Eventreur ?

Angela Osbourne porta les mains à son voile en gémissant.

— Oh ! je ne sais pas, je ne sais pas !

— Qu'est-ce qui vous a poussée à croire qu'il était le monstre ? demanda Holmes inexorablement.

— La nature de ces crimes ! Je ne vois que Max qui soit capable de telles atrocités. Ses accès de délire, ses colères terribles...

Nous ne devions plus rien apprendre de la bouche d'Angela Osbourne. La porte s'ouvrit à la volée et Max Klein bondit dans la pièce. Il avait les traits contractés par une fureur qu'il semblait maîtriser avec peine. Il braquait sur nous un revolver.

— Si l'un ou l'autre s'avise de remuer le petit doigt, cria-t-il, je lui fais sauter la cervelle !

Il ne faisait aucun doute qu'il ne plaisantait pas.

Les adieux du « nègre » d'Ellery

Il y eut un coup de sonnette.
Ellery n'en fit aucun cas.
Re-coup de sonnette.
Il continua à lire.
Nouvel appel strident.
Il termina le chapitre.
Lorsque enfin, il arriva à la porte, le visiteur
lassé était parti, mais non sans avoir glissé un télé-
gramme sous la porte.

AMI TRÈS CHER TIRET EN CHERCHANT UNE ÉPINE TON
NÈGRE A TROUVÉ UNE ROSE STOP IL NE CHASSERA PLUS
STOP ELLE A NOM RACHEL HAGER MAIS AUCUN NOM NE
SAURAIT LA DÉCRIRE STOP ELLE EST VENUE A CETTE
RÉCEPTION UNIQUEMENT PARCE QUE J'Y ÉTAIS VIR-
GULE J'EN SUIS BABA STOP PROCHAINE ÉTAPE LES LIENS
SACRÉS DU MARIAGE STOP NOUS AURONS DES ENFANTS
STOP T'ENVOYONS AMITIÉS INDIVISÉES

GRANT.

— Bon débarras ! fit Ellery à voix haute en
retournant à Sherlock Holmes.

11

Holocauste

Je crois que Holmes eût affronté le revolver de
Klein si le propriétaire de *L'Ange et la Couronne*
n'avait été immédiatement suivi, dans la chambre
de Mme Osbourne, par un individu en qui je reconnus un des malfrats qui nous avaient attaqués.
Sous la menace de deux revolvers, force fut à Holmes de se contenir.

La rage de Max Klein se changea en satisfaction
perverse.

— Attache-les, grogna-t-il à l'adresse de son
comparse. Et celui qui tente de résister prendra
une balle dans la tête.

Le malandrin arracha les cordons des rideaux et
lia prestement les mains de Holmes derrière son
dos, tandis que je le regardais, impuissant. Il
m'infligea le même traitement qu'il perfectionna à
la demande de Klein.

— Fais asseoir le bon docteur et attache-lui les
chevilles aux pieds de la chaise.

Je ne voyais pas en quoi je pouvais représenter
pour Klein une plus grande menace que Holmes.
Le courage que je peux avoir est tout à fait limité,
je le confesse, par un grand désir de vivre jusqu'au
bout les années qui m'ont été allouées par le Tout-
Puissant.

Tandis que son âme damnée exécutait ses ordres, Klein s'adressa à Holmes.

— Vous vous imaginez pouvoir entrer chez moi sans être vu, monsieur Holmes ?

Holmes répondit avec flegme :

— Je suis curieux de savoir comment notre arrivée a été découverte.

Klein eut un rire brutal.

— Un de mes employés avait des tonneaux vides à sortir. Rien de spectaculaire, je vous le concède, monsieur Holmes. N'empêche que je vous ai pris.

— Vous m'avez pris, comme vous dites, Klein, mais me garder, cela pourrait bien être une autre paire de manches.

Il ne faisait aucun doute que Holmes cherchait à gagner du temps. Cela ne servit à rien. Klein examina mes liens, les trouva à son goût et déclara :

— Vous allez me suivre, monsieur Holmes. Je m'occuperai de vous sans témoins. Et si vous espérez recevoir des secours d'en bas, détrompez-vous. J'ai fait évacuer la taverne ; elle est vide et fermée à double tour.

L'homme de main désigna Angela Osbourne d'un regard inquiet.

— C'est pas risqué de laisser le pante avec elle ? Elle pourrait p't-être le détacher.

— Elle n'osera pas. (Klein rit.) Elle sait ce qui l'attendrait. Elle tient encore à sa chienne de vie.

A ma grande consternation, je constatai qu'il avait raison. Lorsque Holmes et Michael Osbourne eurent été traînés dehors, Angela Osbourne se montra imperméable à mes tentatives de persuasion. J'usai de toute mon éloquence pour la convaincre, mais elle se contenta de me regarder avec désespoir en gémissant :

— Je n'ose pas, oh ! je n'ose pas.

Ainsi s'écoulèrent les minutes les plus longues de ma vie, tandis que je m'efforçais de me libérer de mes liens, persuadé que Holmes finirait bien par nous sortir de là.

C'est alors que vint le moment le plus atroce.

La porte s'ouvrit.

La chaise à laquelle j'étais ligoté était placée de telle sorte que je ne pus voir qui entrait. Mais Angela Osbourne faisait face à la porte. C'est elle que je devais regarder pour avoir une indication.

Elle se souleva de sa chaise. Son voile s'écarta et je pus voir clairement son visage atrocement marqué. Je frémis de tout mon être devant l'indescriptible blessure que lui avait infligée Klein; l'expression affolée que lui inspirait l'intrus la rendait encore plus atroce.

— L'Eventreur! balbutia-t-elle. Ô mon Dieu, c'est Jack l'Eventreur!

J'avoue avec honte que ma première réaction fut de soulagement. L'homme s'avança dans la pièce et, quand je reconnus la silhouette mince et aristocratique, en tenue de soirée impeccable, avec sa cape et son haut-de-forme, je m'écriai avec joie:

— Lord Carfax! Votre arrivée est providentielle!

La sinistre vérité m'apparut un instant plus tard à la vue du couteau étincelant qu'il avait à la main. Il tourna les yeux vers moi, mais les détourna aussitôt comme s'il ne m'avait pas reconnu. Je décelai la folie sur ce noble visage, l'instinct destructeur de la bête féroce.

Angela Osbourne était incapable de pousser un cri. Elle resta figée d'horreur sur sa chaise et l'Eventreur majestueux se précipita sur elle et lui arracha brutalement le haut de ses vêtements. Elle eut à peine le temps de marmonner une prière: lord Carfax plongea le couteau dans son sein découvert. Mieux vaut ne pas décrire ses tentatives maladroites de dissection, disons seulement qu'elles n'approchaient en rien l'adresse des mutilations précédentes, sans doute parce que le temps pressait.

Tandis que la malheureuse s'effondrait sur le sol dans une mare de sang, le fou furieux s'empara d'une des lampes à pétrole et l'éteignit ; puis il dévissa le lamperon et versa le pétrole sur le plancher. Ses intentions n'étaient que trop évidentes. Il fit le tour de la chambre comme un diable sorti de l'enfer, et sortit dans le couloir en laissant derrière lui une traînée de pétrole : quand il revint avec la lampe vide, il la fit voler en éclats en la jetant par terre.

Puis il saisit l'autre lampe et s'en servit pour mettre le feu à la flaque de pétrole qui était à ses pieds.

Il ne prit pas la fuite et, même en cet instant — le plus effroyable de ma vie —, je me demandai pourquoi. C'est à son orgueil dément que je dus mon salut et lui sa perte. Les flammes s'élevaient, suivant la traînée de pétrole dans le couloir, lorsqu'il bondit sur moi. Je fermai les yeux et confiai mon âme au Créateur. A ma grande stupéfaction, au lieu de me tuer, il trancha mes liens.

Les yeux dilatés, il me mit debout et me traîna à travers les flammes jusqu'à la fenêtre la plus proche. Je tentai de me débattre, mais je ne pouvais lutter contre ce forcené ; il me poussa violemment contre la vitre qui se brisa.

C'est alors qu'il cria cette phrase qui n'a cessé de résonner dans mes cauchemars :

— Transmettez le message, docteur Watson ! Dites-leur que lord Carfax et Jack l'Eventreur ne font qu'un !

Là-dessus, il me jeta par la fenêtre. Le feu avait pris à mes vêtements ; je me souviens de mes efforts futiles pour l'éteindre avec mes mains, le temps que dura ma chute du premier étage dans la rue. Je ressentis le choc étourdissant de mon corps sur le pavé. Il me sembla entendre des pas précipités et je sombrai dans une bienheureuse inconscience.

12

La fin de Jack l'Éventreur

Le premier visage que je reconnus fut celui de Rudyard, l'ami qui me remplaçait dans mon cabinet. J'étais dans ma chambre de Baker Street.

— Il s'en est fallu de peu, Watson, dit-il en me tâtant le pouls.

Je reprenais connaissance.

— Combien de temps ai-je dormi, Rudyard ?

— Près de douze heures. Je vous ai donné un calmant quand on vous a transporté ici.

— Mon état ?

— Très satisfaisant, étant donné les circonstances. Une fracture de la cheville, une foulure du poignet, des brûlures sans doute douloureuses, mais superficielles.

— Holmes. Où est-il ? L'ont-ils... ?

Rudyard tendit le bras vers Holmes, l'air grave, assis à l'autre bout de mon lit. Il était pâle, mais semblait indemne. Je fus envahi par un sentiment de reconnaissance.

— Il faut que je m'en aille, lança Rudyard. (Puis, s'adressant à Holmes, il ajouta :) Veillez à ce qu'il ne parle pas trop longtemps, monsieur Holmes.

Il nous quitta en disant qu'il viendrait changer les pansements de mes brûlures et en m'invitant à ne pas me surmener. Pourtant, en dépit de mes maux et de mes douleurs, je ne pus contenir ma curiosité. Holmes n'était, je le crains, pas moins curieux que moi malgré le souci qu'il se faisait pour ma santé. Aussi me trouvai-je bientôt en train de relater ce qui était arrivé dans la chambre de la pauvre Angela Osbourne, après le départ de mon ami.

Holmes hochait la tête, mais je voyais qu'il s'efforçait de prendre une décision. A la fin, il déclara :

— Je crains, mon vieil ami, que nous n'ayons vécu notre dernière aventure commune.

— Pourquoi dites-vous cela ? demandai-je, déconcerté.

— Parce que votre bonne épouse ne vous remettra plus jamais entre mes mains maladroites.

— Holmes ! m'écriai-je. Je ne suis pas un enfant.
Il secoua la tête.

— Il faut que vous dormiez.

— Vous savez très bien que cela me sera impossible tant que vous ne m'aurez pas expliqué comment vous avez fait pour échapper à Klein. Lorsque j'étais sous l'effet des calmants, j'ai vu en rêve vos restes déchiquetés...

Je frissonnai et il posa sa main sur la mienne, ce qui était de sa part un rare témoignage d'affection.

— L'occasion s'est présentée pour moi lorsque l'escalier a pris feu, me dit-il. Klein avait pleinement savouré le spectacle de mon impuissance et levait son arme lorsque le feu nous a atteints. Il a péri dans les flammes avec son comparse quand le bâtiment s'est embrasé comme une boîte d'allumettes. *L'Ange et la Couronne* n'est plus qu'une ruine sans toit.

— Mais vous, Holmes, comment... ?
Holmes sourit et haussa les épaules.

— Je n'ai jamais douté un seul instant que je pouvais me débarrasser de mes liens, dit-il. Vous connaissez ma dextérité. Il ne manquait que l'occasion qui m'a été fournie par l'incendie. Je n'ai pas pu, hélas! sauver Michael Osbourne. Le pauvre bougre semblait souhaiter la mort et a résisté à tous mes efforts pour l'entraîner à l'extérieur; il s'est jeté dans les flammes et j'ai dû l'abandonner pour sauver ma propre vie.

— C'est un bien pour un mal, murmurai-je. Et cette bête nuisible, Jack l'Eventreur?

Les yeux gris de Holmes se voilèrent de tristesse; il devait avoir l'esprit ailleurs.

— Lord Carfax est mort, lui aussi. Et je crois que, tout comme son frère, c'est parce qu'il l'a voulu.

— Il a préféré périr par le feu que la corde au cou.

Holmes était encore ailleurs. D'une voix très grave il murmura:

— Respectons, Watson, la décision d'un honnête homme.

— D'un honnête homme! Mais enfin, vous plaisantez? Ah! je vois. Vous parlez de ses moments de lucidité. Et le duc de Shires?

Holmes avait le menton affaissé sur sa poitrine.

— J'ai aussi de tristes nouvelles du duc. Il a mis fin à ses jours.

— Je comprends. Il n'a pu supporter l'atroce révélation des crimes de son fils aîné. Comment avez-vous appris cela, Holmes?

— Après l'incendie, je me suis rendu directement à sa maison de Berkeley Square. Lestrade m'accompagnait. Nous sommes arrivés trop tard. Il connaissait déjà la vérité sur lord Carfax et s'était jeté sur sa canne à épée.

— Une mort digne d'un gentilhomme!

Je crois que Holmes acquiesça, car il inclina légèrement la tête. Il avait l'air profondément déprimé.

— Je ne suis pas satisfait de cette affaire, Watson, pas satisfait du tout, dit-il.

Puis il se tut.

Je sentais qu'il souhaitait en rester là, mais je voulais savoir. J'avais oublié la fracture de ma cheville et mes brûlures douloureuses.

— Je ne vois pas pourquoi, Holmes. L'Eventreur est mort.

— Oui, dit-il. Maintenant, Watson, il faut vraiment que vous vous reposiez.

Il fit mine de se lever.

— Je ne pourrai pas me reposer, dis-je avec ruse, tant que le puzzle ne sera pas complet. (Résigné, il se carra dans son fauteuil.) Je suis capable de reconstituer les événements qui ont précédé l'incendie. L'Eventreur dément, opérant à l'ombre de la façade philanthropique de lord Carfax, ne connaissait ni l'identité ni le domicile d'Angela Osbourne et de Max Klein. C'est exact ?

Holmes ne répondit pas.

— Quand vous avez découvert son repaire, poursuivis-je, vous saviez certainement de qui il s'agissait, n'est-ce pas ?

Holmes hocha la tête.

— Ensuite, nous nous sommes rendus au foyer et, bien que nous ne l'y ayons pas trouvé, il nous a vus et entendus — à moins qu'il ne soit arrivé quelques instants plus tard et que le Dr Murray, qui n'avait aucune raison de le lui cacher, lui ait parlé de *L'Ange et la Couronne*. Lord Carfax nous a suivis et a, comme nous, découvert la porte des fûts de bière.

— Lord Carfax nous a précédés, dit Holmes brusquement. Souvenez-vous que le loquet était brisé.

— D'accord. Il est arrivé avant nous, malgré le brouillard. Sans doute l'avons-nous interrompu au moment où il s'apprêtait à bondir sur Angela

Osbourne dont il voulait faire sa prochaine victime. Il a dû se cacher dans le couloir, derrière une porte, lorsque nous sommes entrés dans la chambre de Mme Osbourne.

Holmes ne contesta point mes dires.

— Persuadé que vous l'aviez démasqué, il a décidé d'achever son infâme carrière par cet incendie, ce défi que lui dictait son orgueil dément. Il a eu pour moi ces dernières paroles : « Transmettez le message, docteur Watson ! Dites-leur que lord Carfax et Jack l'Eventreur ne font qu'un ! » Seul un être atteint de manie égocentrique pouvait dire pareille chose.

Holmes se leva d'un air décidé.

— Disons du moins, Watson, que Jack l'Eventreur a fini de rôder. Et maintenant, vous avez suffisamment désobéi à votre médecin. J'exige que vous dormiez.

Là-dessus, il me quitta.

Ellery rend visite au passé

Ellery posa le manuscrit d'un air songeur. Il entendit à peine le bruit de la serrure et celui de la porte d'entrée qui s'ouvrait et se refermait.

Levant les yeux, il aperçut son père sur le pas de la porte du bureau.

— Papa !

— Salut, fils, dit l'inspecteur avec un sourire bravache. Je ne pouvais plus supporter d'être là-bas. Alors me voici.

— Je suis ravi que vous soyez là.

— Alors, vous n'êtes pas fâché ?

— Vous êtes resté plus longtemps que je ne m'y attendais.

L'inspecteur entra dans la pièce, jeta son chapeau sur le canapé et se tourna vers son fils avec un soulagement qui se mua tout de suite en inquiétude.

— Vous avez une mine de déterré. Ça ne va pas, Ellery ?

Ellery ne répondit pas.

— Que pensez-vous de ma mine ? demanda insidieusement son père.

— Nettement plus reluisante que quand je vous ai expédié.

— Et vous, vous êtes sûr que ça va ?

— Très, très bien.

166

— On ne me la fait pas à moi. C'est votre roman qui vous tracasse ?

— Non. Ça avance. Tout va très bien.

Mais le vieux monsieur n'était pas satisfait. Il s'assit sur le canapé, se croisa les jambes et dit :

— Allez-y. Racontez-moi ça.

Ellery haussa les épaules.

— Je n'aurais jamais dû être le fils d'un flic. D'accord, il s'est passé quelque chose. L'enchevêtrement de faits, passés et présents. Le dénouement d'une vieille intrigue.

— Soyez plus clair.

— Grant est passé me voir.

— Vous me l'avez déjà dit.

— J'ai été happé par le manuscrit et, de fil en aiguille, j'en suis arrivé là.

— Comprends pas.

Ellery soupira.

— Alors, il va falloir que je vous raconte tout. (Il parla longuement et conclut :) Voilà où en sont les choses, papa. Elle est persuadée de son innocence. Elle a eu ça sur le cœur toute sa vie. Je suppose qu'elle ne savait pas à quel saint se vouer jusqu'à ce que, sur le tard, l'inspiration lui vienne de s'adresser à moi. Vous parlez d'une inspiration !

— Qu'est-ce que vous allez faire ?

— Je venais de me décider à lui rendre visite, quand vous avez débarqué.

— Je pense bien ! (L'inspecteur Queen se leva et prit le *Journal* des mains d'Ellery.) A mon avis, fils, vous n'avez vraiment pas le choix. Après tout, c'est elle qui l'a voulu.

Ellery se mit debout.

— Pourquoi ne liriez-vous pas le manuscrit pendant que je vais là-bas ?

— C'est bien ce que je compte faire.

Il fila sur Westchester et prit la route 22 jusqu'à Somers. Il passa devant l'éléphant de bois (souvenir du passage du cirque Barnum et Bailey) au carrefour principal. A Putnam County, il eut une pensée émue pour les héros de la Révolution, souhaitant qu'ils aient trouvé la paix dans quelque paradis glorieux.

Mais ce n'étaient là que des pensées superficielles, car son esprit était accaparé par la vieille dame qui l'attendait à la fin du voyage. Ce n'était pas une perspective réjouissante.

Il s'arrêta devant une maisonnette pimpante, dont l'allée évoquait une maison de poupée. Il descendit de voiture et se dirigea, à contrecœur, vers la porte d'entrée qui s'ouvrit dès qu'il eut frappé, comme si la vieille dame guettait son arrivée. Il avait presque espéré qu'elle serait sortie.

— Deborah Osbourne Spain, dit-il en baissant les yeux sur elle, bonjour !

Elle était très âgée, bien sûr ; il avait calculé qu'elle avait plus de quatre-vingt-cinq ans. Le *Journal* de Watson ne donnait pas son âge exact, à l'époque où Holmes et Watson avaient rendu visite au château de Shires. Il se pouvait même qu'elle eût quatre-vingt-dix ans.

Comme beaucoup de très vieilles dames, surtout lorsqu'elles sont minuscules et boulottes, elle faisait penser à une pomme reinette, avec une touche de couleur à ses joues. Elle avait la poitrine forte, pour son âge, et tombante comme si elle ne supportait plus un tel poids. Seuls ses yeux étaient jeunes. Des yeux francs et vifs qui ne pouvaient s'empêcher de pétiller.

— Entrez donc, monsieur Queen.

— Cela ne vous ennuierait pas de m'appeler Ellery, madame ?

— C'est une chose à laquelle je n'ai jamais pu m'habituer, dit-elle en le faisant entrer dans un petit salon douillet (aussi démodé que les crinolines, se dit Ellery. On avait l'impression de pénétrer dans l'Angleterre du XIXe siècle). Je veux dire cette familiarité immédiate. Toutefois — asseyez-vous dans ce fauteuil, Ellery — si vous voulez.

— Je ne demande pas mieux. (Il s'assit et regarda autour de lui.) Je vois que vous n'avez pas renié vos origines.

Elle prit place dans un fauteuil armorié où elle disparaissait complètement.

— Que peut-il rester d'autre à une Anglaise de l'ancien temps ? demanda-t-elle en ébauchant un sourire. Je sais que cela fait affreusement anglophile, mais il est si difficile de se débarrasser de ses origines. En fait, je me trouve très bien ici. Une visite, de temps en temps, à New Rochelle pour voir les roses de Rachel, comble mon existence.

— C'était donc bien Rachel.

— Oh ! oui. C'est moi qui le lui ai demandé.

— Quels sont vos liens de parenté avec miss Hager ?

— Je suis sa grand-mère. Désirez-vous du thé ?

— Pas tout de suite, madame, si cela ne vous ennuie pas. J'ai trop de questions à vous poser. (Il s'assit tout au bord du fauteuil pour éviter la têtière en dentelle.) Vous l'avez vu. Vous les avez connus tous les deux. Holmes. Watson. Comme je vous envie !

Les yeux de Deborah Osbourne Spain parurent refléter l'abîme du passé.

— Il y a tellement, tellement longtemps. Mais, bien sûr, je me souviens d'eux. Le regard de M. Holmes aussi tranchant qu'une épée. Un être si réservé. Quand j'ai mis ma main dans la sienne, je suis sûre qu'il a été déconcerté. Mais il était très gentil. Ils étaient tous deux de vrais gentlemen. Je n'étais qu'une petite fille et je les vois comme des géants, se dressant jusqu'au ciel. Et ils l'étaient sans doute, d'une certaine façon.

— Puis-je vous demander comment le manuscrit vous est parvenu ?

— Lorsque le Dr Watson eut terminé la rédaction du *Journal*, M. Holmes le remit à la succession Osbourne. Le notaire chargé de la succession, Dieu le bénisse, en a eu la responsabilité. Il a veillé à mes intérêts avec le plus grand dévouement. Lorsque je suis devenue adulte, peu de temps avant sa mort, il m'a révélé l'existence du manuscrit. Je l'ai supplié de me le donner et il me l'a envoyé. Il s'appelait Dobbs. Alfred Dobbs. Je pense très souvent à lui.

— Pourquoi avez-vous attendu si longtemps, madame ?

— Je vous en prie, vous ne pourriez pas m'appeler grand-maman Deborah ? Tout le monde m'appelle ainsi.

— D'accord, grand-maman Deborah.

— Je ne sais pas pourquoi j'ai attendu si longtemps, dit la vieille dame. L'idée de consulter un expert pour confirmer ma conviction ne m'était pas venue de façon précise ; et pourtant je suis sûre qu'elle était là depuis longtemps. Et puis, dernièrement, j'ai été envahie par le sentiment qu'il fallait faire vite. Combien de temps me reste-t-il à vivre ? Je voudrais bien mourir en paix.

Cette prière implicite poussa Ellery à venir en aide à la vieille dame.

— Cette idée de m'envoyer le manuscrit... c'est bien dans le manuscrit que vous l'avez trouvée ?

— Oui. Et M. Ames a parlé à Rachel de l'enquête que vous lui faisiez faire.

— Les recherches de Grant ont conduit à une chose qui n'était pas celle que j'attendais, dit Ellery en souriant.

— Dieu le bénisse ! Les bénisse tous les deux. Je sais qu'il ne vous a été d'aucun secours, Ellery. Je savais également que vous me trouveriez, tout comme M. Holmes n'a eu aucune difficulté à retrouver le propriétaire de la trousse de chirurgien. Mais je suis quand même curieuse de savoir comment vous avez fait.

— C'était élémentaire, grand-maman Deborah. Il était évident, dès le départ, que l'expéditeur portait à cette affaire un intérêt tout personnel. J'ai donc téléphoné à un de mes amis qui est généalogiste. Il n'a eu aucun mal à suivre votre trace de Shires Castle, quand vous étiez enfant, à la branche de la famille établie à San Francisco, à qui l'on vous avait confiée. Je connaissais le nom des quatre suspectes de Grant et j'étais persuadé qu'un de ces noms allait surgir quelque part. De votre mariage à Barney Spain, en 1906, mon expert en est arrivé à celui de votre fille. Et voilà que votre gendre avait pour nom Hager. C.Q.F.D. (Le sourire d'Ellery fit place à un air soucieux.) Vous êtes fatiguée. Nous pouvons poursuivre cet entretien une autre fois.

— Non, non ! Je me sens très bien. (Les yeux juvéniles suppliaient Ellery.) Mon père était un homme merveilleux. Doux, généreux. Ce n'était pas un monstre. Certainement pas !

— Vous ne voulez vraiment pas aller vous allonger ?

— Non, non. Pas avant que vous ne m'ayez dit...

— Alors, carrez-vous dans votre fauteuil, grand-maman. Détendez-vous. Après, je parlerai.

Ellery prit la vieille main fripée dans la sienne et accorda sa voix au tic-tac de l'horloge à poids dont le balancier, comme un doigt mécanique, effaçait les secondes sur le visage du temps.

La vieille main fripée serrait parfois celle d'Ellery. Puis elle cessa de bouger pour n'être plus qu'une feuille d'automne.

Au bout d'un moment, les portières qui masquaient l'entrée du salon s'écartèrent et une femme d'une quarantaine d'années, vêtue d'une blouse blanche, entra dans la pièce.

— Elle s'est endormie, chuchota Ellery.

Il posa doucement la vieille main sur la poitrine de grand-maman Deborah, et s'en alla sur la pointe des pieds.

La femme l'accompagna jusqu'à la porte.

— Je m'appelle Susan Bates. Je m'occupe d'elle. Il lui arrive de plus en plus fréquemment de s'endormir comme ça.

Ellery hocha la tête, quitta la maisonnette, monta dans sa voiture et retourna à Manhattan. Il se sentait très fatigué, lui aussi. Très vieux.

Journal *de l'affaire de l'Éventreur*
Postface
Le 12 janvier 1908

Holmes me contrarie. Comme il avait quitté l'Angleterre pendant fort longtemps, j'avoue que je m'étais permis d'enfreindre sa volonté en rédigeant mes notes sous forme de narration. Vingt années se sont écoulées depuis lors. Il y a maintenant neuf ans qu'un nouvel héritier, un parent éloigné, porte le titre des Shires. J'ajouterai que ce dernier ne passe guère de temps en Angleterre et se soucie bien peu du titre et de son histoire glorieuse.

J'en étais venu à penser, toutefois, qu'il était grand temps de révéler au monde la vérité sur l'affaire de Jack l'Éventreur qui occupait une place tout aussi glorieuse — si je puis m'exprimer ainsi ! — dans l'histoire du crime et les efforts de Holmes pour mettre fin au règne sanglant du monstre sur Whitechapel.

Lorsque Holmes revint de l'étranger, je lui fis part de cette idée, en m'exprimant en des termes aussi persuasifs que possible. Il m'opposa un refus catégorique.

— Non, non, Watson. Laissez les morts dormir en paix. Ce n'est pas en publiant cette histoire que nous enrichirons le monde.

— Voyons, Holmes ! Tout ce travail...

— Je suis désolé, Watson, mais c'est mon dernier mot.

— Alors, dis-je en déguisant à peine mon irritation, permettez-moi de vous faire cadeau du manuscrit. Peut-être les feuilles de papier vous serviront-elles pour allumer vos pipes.

— J'en suis flatté, Watson, et touché, dit-il d'un ton jovial. En échange, permettez-moi de vous régaler des détails d'une petite affaire que je viens de mener à bien. Vous pourrez vous servir de votre flair indéniable pour le mélodrame et soumettre cela sans tarder à votre éditeur. Il s'agit d'un marin sud-américain qui a failli duper un groupe financier européen en leur faisant croire à « l'authenticité » d'un œuf de rock. Peut-être l'affaire du Sinbad péruvien adoucira-t-elle votre déception.

Voilà où en sont les choses.

Ellery explique

Ellery arrivait au bon moment. L'inspecteur Queen venait de terminer la lecture du manuscrit du Dr Watson et le contemplait d'un air profondément insatisfait. Il porta son regard sur Ellery.

— Heureusement qu'il n'a pas été publié, car Holmes avait raison.

— C'est bien mon avis, dit Ellery en s'approchant du bar. Ce satané Grant ! J'ai oublié de commander du scotch.

— Comment s'est passée la visite ?

— Mieux que je ne m'y attendais.

— Alors, vous lui avez dit un pieux mensonge. Vous avez bien fait.

— Je n'ai pas menti.

— Quoi ?

— Je n'ai pas menti. Je lui ai dit la vérité.

— Alors, fit l'inspecteur Queen d'un ton sec, vous êtes un fils indigne. Deborah Osbourne aimait son père et croyait en lui. De plus, elle a confiance en vous. Vous avez quand même l'esprit assez tordu pour avoir légèrement déformé la vérité...

— Je n'ai pas eu besoin de déformer la vérité.

— Pourquoi ? Expliquez-moi ! Une pauvre petite vieille...

— Tout simplement, papa, dit Ellery en s'installant sur sa chaise, parce que lord Carfax n'était pas Jack l'Eventreur. Il ne servait à rien de mentir. Le père de Deborah n'était pas un monstre. Elle ne s'était pas trompée sur son compte. Elle le savait, je le savais...

— Mais...

— Et Sherlock Holmes le savait aussi.

Il y eut un silence pendant que le *pater* essayait, en vain, de comprendre où le *filius* voulait en venir.

— Mais c'est écrit, *là*! protesta l'inspecteur.

— C'est exact.

— Ce lord Carfax, Richard Osbourne, pris sur le fait, le couteau à la main, en train de charcuter sa dernière victime... sous les yeux de Watson! Et c'est Watson, le témoin oculaire, qui a écrit le récit!

— Je suppose que vous entendez par là que Watson était un reporter compétent.

— Et comment! Il n'avait pas la berlue quand même!

Ellery se leva, s'approcha de son père et prit le *Journal*; puis il retourna s'asseoir.

— Il ne faut pas oublier que Watson était également humain. Il était beaucoup trop subjectif. Il voyait ce que Holmes voulait lui faire voir. Il a écrit ce que Holmes lui avait dit.

— Vous voulez dire que Holmes lui jetait de la poudre aux yeux?

— Ni plus ni moins. Le *hic* c'est que, dans cette affaire, tout ce que disait Holmes était parole d'évangile. C'est ce qu'il n'a pas dit qui compte.

— Bon, d'accord. Qu'est-ce qu'il n'a pas dit?

— Prenez, par exemple, le fait qu'il n'a pas une seule fois appelé Jack l'Eventreur lord Carfax ou Richard Osbourne.

— Vous ergotez, grommela l'inspecteur.

Ellery feuilleta rapidement le vieux manuscrit.

— Enfin, papa, vous n'avez pas relevé les contradictions qu'il y a dans cette affaire? Le coup du chantage ne vous a quand même pas convaincu?

176

— Le chantage ? Voyons...

— Je vous le résume. Max Klein pensait pouvoir exercer un chantage en combinant un mariage entre Michael Osbourne et Angela, une fille publique. Etant donné l'orgueil que le duc de Shires éprouvait pour son nom, c'était une bonne idée du point de vue de Klein. Mais ça n'a pas marché. La nouvelle du mariage s'est répandue.

— Oui, mais Klein a avoué à Angela que son plan avait échoué.

— Pas exactement. Il lui a dit, après avoir ramené le couple à Londres, que le mariage n'avait plus d'importance sur le plan du chantage. Il était tombé sur un coup bien plus intéressant. Klein s'est complètement désintéressé de Michael et d'Angela lorsqu'il a découvert cette nouvelle arme qui était manifestement plus efficace que le mariage.

— Mais le manuscrit ne dit pas...

— Réfléchissez, papa. Qui était Klein ? Que représentait-il ? Holmes s'est rendu compte de son importance, dès le départ, avant même de l'avoir identifié : c'était le maillon qui lui faisait défaut. Lorsque Holmes s'est trouvé en présence d'Angela, il lui a arraché un renseignement d'une importance vitale. Je cite ce qu'elle a dit à propos de Klein : « Oui, oui. Il est né à Whitechapel. Il en connaît tous les recoins. C'est la terreur du quartier. Rares sont ceux qui oseraient le contrarier. »

— Et alors ?

— Alors, quel était le grand secret que Klein avait découvert ?

— *L'identité de Jack l'Eventreur,* articula l'inspecteur. Un homme comme ça, qui avait une connaissance parfaite de Whitechapel et de ses habitants...

— Bien sûr, papa. Ça ne pouvait pas être autre chose. Et parce qu'il connaissait l'identité de l'Eventreur, Klein s'est enrichi en faisant chanter...

— Lord Carfax.

— Pas du tout. Vous oubliez que lord Carfax cherchait désespérément à mettre la main sur Klein et sur Angela. Les maîtres chanteurs se font connaître de leur victime.

— Peut-être Carfax le savait-il depuis le début ?

— Alors pourquoi aurait-il attendu pour frapper ? Ce n'est que ce soir-là, à la morgue, qu'il a appris que Klein et Angela étaient à la taverne de *L'Ange et la Couronne*!

— Pourtant ce n'est pas Klein, mais Angela que Carfax a assassinée.

— Une preuve de plus qu'il n'était pas la victime du chantage. Il s'est imaginé à tort que la femme de son frère était l'agent pervers du désastre de la famille Osbourne. C'est pourquoi il l'a tuée.

— Mais tout cela ne suffisait pas pour...

— On va trouver autre chose. Suivons les pas de Holmes et de Watson, au cours de la dernière nuit. Vous savez déjà comment les choses *semblent* s'être passées. Voyons ce qui s'est *vraiment* passé. Pour commencer, il y avait deux hommes sur la piste de l'Eventreur, ce soir-là: Sherlock Holmes et lord Carfax. Je suis persuadé que Carfax avait des soupçons.

— Qu'est-ce qui vous fait dire que Carfax était sur la piste de l'Eventreur ?

— Question très opportune, fit Ellery sentencieusement. Sur la foi du renseignement obtenu au bordel de Mme Leona, Holmes a entrepris la dernière étape de la poursuite. Il est arrivé avec Watson au Pacquin, dans la chambre...

— Et Holmes a dit: «Si c'était le repaire de l'Eventreur, le monstre l'a quitté.»

— Ce n'est pas Holmes qui a dit ça, c'est Watson. Holmes s'est écrié : « Nous avons été devancés ! » Il y a un monde entre ces deux phrases. L'une était la réflexion d'un romantique, l'autre, celle de Holmes, était caractéristique d'un homme habitué à voir les détails avec l'exactitude d'un appareil photo.

— Je crois que vous avez raison, convint l'aîné des Queen.

— C'est un point fondamental. Mais il y en a d'autres.

— Le fait que Holmes et lord Carfax aient trouvé le repaire de Jack l'Eventreur à peu près en même temps ?

— Oui, mais aussi le fait que lord Carfax a vu Holmes et Watson arriver au Pacquin. Il les a attendus dehors et les a suivis jusqu'à la morgue. Ça ne peut pas s'être passé autrement.

— Pourquoi ?

— Pour agir comme il l'a fait, lord Carfax avait besoin de deux renseignements : l'identité de l'Eventreur, qu'il a découverte au Pacquin, et l'endroit où se trouvaient Angela et Klein, qui lui fut révélé à la morgue.

L'inspecteur Queen se leva et reprit le *Journal*. Il y chercha un passage et le lut à voix haute :

— « Et cette bête nuisible, Jack l'Eventreur ? » C'est ce que Watson a demandé à Holmes qui a répondu : « Lord Carfax est mort, lui aussi. »

— Minute, dit Ellery. Pas de citations tronquées. Lisez-moi le tout.

— Je cite : « Les yeux gris de Holmes se voilèrent de tristesse ; il devait avoir l'esprit ailleurs. "Lord Carfax est mort, lui aussi. Et je crois que, tout comme son frère, c'est parce qu'il l'a voulu." »

— J'aime mieux ça. Bon, alors dites-moi, pourquoi la mort de Jack l'Eventreur aurait-elle dû attrister Holmes ?

L'inspecteur Queen secoua la tête et poursuivit la lecture.

— « Il a préféré périr par le feu que la corde au cou. »

— C'est Watson qui a dit ça, pas Holmes. Holmes a dit : « Respectons la décision d'un honnête homme. »

— Et Watson lui a répondu : « D'un honnête homme ! Mais enfin, vous plaisantez ? Ah ! je vois. Vous parlez de ses moments de lucidité. Et le duc de Shires ? »

— Une fois de plus, Watson a mal interprété les paroles de Holmes. Je cite encore Holmes : « Après l'incendie, je me suis rendu directement à sa maison (celle du duc) de Berkeley Square... Il connaissait la vérité sur lord Carfax et s'était jeté sur sa canne à épée. »

— Alors, Watson s'est écrié : « Une mort digne d'un gentilhomme ! »

— Une fois de plus, Watson a été victime de ses idées préconçues et des circonlocutions délibérées de Holmes. Ecoutez, papa. Quand Holmes est arrivé chez le duc de Shires, il l'a trouvé mort. Mais « il (le duc) connaissait la vérité sur lord Carfax ». Comment le duc pouvait-il connaître la vérité sur lord Carfax ? Cela implique clairement que le duc se trouvait dans son repaire de l'hôtel Pacquin où lord Carfax l'a surpris et qu'il est rentré chez lui pour se donner la mort.

— Parce que le duc était l'Eventreur ! Et son fils, qui le savait, s'est accusé pour sauvegarder la réputation de son père !

— Vous avez trouvé, dit Ellery gentiment. Souvenez-vous de ce que Carfax a demandé à Watson : de dire au monde que Jack l'Eventreur, c'était lui. Il voulait avoir la certitude que la faute retomberait sur lui et pas sur son père.

— Alors, Holmes a eu raison, murmura l'inspecteur Queen. Il n'a pas voulu que lord Carfax se soit sacrifié en vain.

— Et la confiance de Deborah en son père a été vengée trois quarts de siècle plus tard.

— C'est incroyable !

Ellery prit le *Journal* du Dr Watson des mains de son père et l'ouvrit à la « postface ».

— L'affaire du Sinbad péruvien, marmonna-t-il. Une histoire d'œuf de rock... (Son regard s'alluma.) Dites donc, papa, vous ne croyez pas que Holmes se payait la tête de Watson, là aussi ?

Romans policiers

On a trop longtemps cru en France qu'il n'existait que deux sortes de romans policiers : les énigmes classiques où l'on se réunit autour d'une tasse de thé pour désigner le coupable, ou les romans noirs où le sexe et le sang le disputent à la violence. Des auteurs tels que Boileau-Narcejac, Ellery Queen, Ross Macdonald, Demouzon démontrent qu'il existe une troisième voie, la plus féconde, où le roman policier est à la fois œuvre littéraire et intrigue savamment menée.

QUEEN Ellery	*La ville maudite* 1445/3★
	Et le huitième jour 1560/3★
	Le roi est mort 1766/3★
	Le mystérieux Monsieur X 1918/3★
	L'arche de Noé 1978/3★
	Le mystère du théâtre romain 2103/3★
	Les quatre côtés du triangle 2276/3★
	Lettres sans réponse 2322/3★
	Le village de verre 2404/3★
	Deux morts dans un cercueil 2449/3★
	Le mystère de l'éléphant 2534/3★
	Sherlock Holmes contre Jack l'Éventreur 2607/2★
QUENTIN Patrick	*Puzzle pour acteurs* 2260/3★
SADOUL Jacques	*La chute de la maison Spencer* 1614/3★
	L'inconnue de Las Vegas 1753/3★
	Trois morts au soleil 2323/3★
SAYERS Dorothy L.	*Noces de crime* 1995/4★
SPILLANE Mickey	*En quatrième vitesse* 1798/3★
THOMAS Louis	*Crimes parfaits et imparfaits (Sueurs froides)* 2438/3★
VILAR Jean-François	*Passage des singes* 1824/3★
	État d'urgence 2163/3★
	Bastille Tango 2517/4★

Suspense

Depuis Alfred Hitchcock, le suspense, que l'on nomme aussi parfois Thriller, est devenu un genre à part dans le roman criminel. Des auteurs connus, aussi bien anglo-saxons (Stephen King, William Goldman) que français (Philippe Cousin, Patrick Hutin, Frédéric Lepage) y excellent. Les livres de suspense : des romans haletants où personnages et lecteur vivent à 100 à l'heure.

COUSIN Philippe	Le Pacte Pretorius 2436/4★
FROMENTAL & LANDON	Le système de l'homme-mort 2612/3★
GOLDMAN William	Rouge Vegas 2486/3★
HALDEMAN Joe	Hypnose 2592/3★
HARRIS Richard	Ennemis 2539/4★
HUTIN Patrick	Les jurés de l'ombre 2453/4★ & 2454/4★
KING Stephen	La peau sur les os 2435/4★
LEPAGE Frédéric	La fin du septième jour 2562/5★
MAXIM John R.	Abel, Baker, Charlie 2472/3★
PIPER Evelyn	La nounou 2521/3★
SIMMONS Dan	Le chant de Kali 2555/4★
THORP Roderick	Piège de cristal 2473/2★

J'ai lu BD

La bande dessinée est aujourd'hui admise partout. On l'enseigne même à la Sorbonne. La série J'ai lu BD est la première collection de poche consacrée à ce genre. Elle réédite les bandes dessinées françaises et étrangères les plus célèbres. Les dessins ne sont pas réduits mais remontés différemment ; ainsi un album de 48 pages donne 160 pages dans J'ai lu, et le papier est d'une qualité supérieure afin de permettre la reproduction des couleurs. J'ai lu BD est le panorama de la bande dessinée d'aujourd'hui.

RAYMOND	*Flash Gordon* BD47 (**5★** *couleur*)
ROSINSKI & VAN HAMME	*Thorgal* :
	1 - La magicienne trahie BD29 (**5★** *couleur*)
	2 - L'île des mers gelées BD74 (**5★** *couleur*)
	3 - Les trois vieillards du pays d'Aran BD98 (**5★** *couleur*)
	4 - La galère noire BD123 (**5★** *couleur, mai 89*)
SCHETTER	*Cargo - 1 / L'écume de Surabaya* BD57 (**5★** *couleur*)
SEGRELLES	*Le mercenaire* :
	1 - Le feu sacré BD32 (**4★** *couleur*)
	2 - La formule BD124 (**4★** *couleur, mars 89*)
SERRE	*Les meilleurs dessins* BD6 (**5★** *couleur*)
	Humour noir BD35 (**5★** *couleur*)
	A tombeau ouvert BD86 (**5★** *couleur, fév.89*)
SERVAIS & DEWAMMF	*Tendre Violette* BD42 (**5★**)
SOKAL	*Canardo* :
	1 - Le chien debout BD26 (**5★** *couleur*)
	2 - La marque de Raspoutine BD89 (**5★** *couleur*)
STEVENS	*Rocketeer* BD91 (**5★** *couleur*)
TABARY	*L'enfance d'Iznogoud* BD9 (**5★** *couleur*)
TARDI	*Les Aventures d'Adèle Blanc-Sec* :
	- Adèle et la Bête BD18 (**4★** *couleur*)
	- Le démon de la tour Eiffel BD56 (**4★** *couleur*)
	- Le savant fou BD120 (**4★** *couleur*)
	Brouillard au pont de Tolbiac BD36 (**4★**)
TARDI & FOREST	*Ici même* BD62 (**6★**)
TILLIEUX	*Gil Jourdan* :
	- Libellule s'évade BD28 (**4★** *couleur*)
	- Popaïne et vieux tableaux BD69 (**4★** *couleur*)
	- La voiture immergée BD112 (**4★** *couleur*)
VAN DEN BOOGAARD	*Léon-la-Terreur* BD45 (**5★** *couleur*)
	Léon-la-Terreur atteint des sommets BD118 (**5★** *couleur*)
VEYRON	*L'amour propre* BD7 (**5★** *couleur*)
	Bernard Lermite BD50 (**3★** *couleur*)
VICOMTE & MAKYO	*Balade au Bout du monde* :
	1 - La prison BD59 (**5★** *couleur*)
	2 - Le grand pays BD130 (**5★** *couleur, juin 89*)
WALKER	*Beetle Bailey - 1* BD102 (**3★**)
WALTHÉRY	*Natacha* :
	- Natacha, hôtesse de l'air BD22 (**4★** *couleur*)
	- Natacha et le Maharadjah BD52 (**4★** *couleur*)
	- La mémoire de métal BD101 (**4★** *couleur*)
	- Un trône pour Natacha BD132 (**4★** *couleur, mai 89*)
WEYLAND	*Aria* :
	1 - La fugue d'Aria BD40 (**5★** *couleur*)
	2 - La montagne aux sorciers BD84 (**5★** *couleur*)
YOUNG CHIC	*Blondie* BD87 (**3★**)

Science-fiction

Depuis 1970, cette collection est leader du genre en France. Elle a publié la plupart des grands classiques (Asimov, Van Vogt, Clarke, Dick, Vance, Simak), mais elle a aussi révélé de nombreux jeunes auteurs qui seront les écrivains de premier plan de demain (Tim Powers, David Brin, Greg Bear, Kim Stanley Robinson, etc.). La S-F est reconnue aujourd'hui comme littérature à part entière, étudiée dans les écoles et les universités. Elle est véritablement la littérature de notre temps.

STURGEON Theodore	*Les plus qu'humains* 355/3★
	Cristal qui songe 369/3★
	Killdozer - Le viol cosmique 407/4★
	Les talents de Xanadu 829/3★
THOMPSON Joyce	*Bigfoot et les Henderson* 2292/3★
VANCE Jack	*Cugel l'astucieux* 707/2★
	Cycle de Tschaï :
	- Le Chasch 721/3★
	- Le Wankh 722/3★
	- Le Dirdir 723/3★
	- Le Pnume 724/3★
	Le monde magique 836/2★
	Rhialto le Merveilleux 1890/3★
VAN VOGT A.E.	*Le monde des Ā* 362/3★
	Les joueurs du Ā 397/3★
	La fin du Ā 1601/3★
	A la poursuite des Slans 381/2★
	La faune de l'espace 392/3★
	L'empire de l'atome 418/3★
	Le sorcier de Linn 419/3★
	Les armureries d'Isher 439/3★
	Les fabricants d'armes 440/3★
	Le livre de Ptath 463/3★
	La guerre contre le Rull 475/4★
	Destination univers 496/4★
	Créateur d'univers 529/3★
	L'homme multiplié 659/2★
	Rencontre cosmique 975/3★
	Le colosse anarchique 1172/3★
	Au-delà du Village enchanté 2150/4★
VINGE Joan D.	*La Reine des Neiges* 1707/5★
	Finismonde 1863/3★
	Mad Max au-delà du dôme du tonnerre 1864/3★
WALTHER Daniel	*L'Epouvante* 976/2★
WILLIAMS Paul O.	*Le cercle inachevé* 1920/3★
WILLIS Connie	*Les veilleurs du feu* 2339/4★
WINTREBERT Joëlle	*Les maîtres-feu* 1408/3★
	Chromoville 1576/3★
	Le créateur chimérique 2420/4★

---

*Univers présente chaque année les aspects les plus fascinants de
la SF contemporaine*
Univers 1986   2012/4★ *inédit*
Univers 1989   2572/4★ *inédit*

2607

Impression Brodard et Taupin
à La Flèche (Sarthe) le 10 mai 1989
1073B-5 Dépôt légal mai 1989
ISBN 2-277-22607-6
Imprimé en France
Editions J'ai lu
27, rue Cassette, 75006 Paris
diffusion France et étranger : Flammarion